SV

CEES NOOTEBOOM
ROTER REGEN

Leichte Geschichten

Aus dem Niederländischen
von Helga van Beuningen

Mit Zeichnungen
von Jan Vanriet

Suhrkamp Verlag

Die Originalausgabe erschien 2007 unter dem Titel
Rode Regen bei Uitgeverij Atlas,
Amsterdam/Antwerpen.

Druck: Pustet, Regensburg
Printed in Germany
Erste Auflage 2007
ISBN 978-3-518-41926-7

1 2 3 4 5 6 – 12 11 10 09 08 07

EINE ERINNERUNG ALS VORSPIEL

Fledermaus

Vor Jahren habe ich Fledermaus geerbt. Nicht eine Fledermaus, sondern Fledermaus, eine weibliche graue Katze des Typs, den man in Deutschland Kartäuser nennt, ein Name, der mir sehr gut gefällt, weil ich im Laufe meiner Spanienreisen häufig Kartäuserklöster besucht habe. Kartäuser sind Mönche, die im Gegensatz zu den Angehörigen anderer kontemplativer Orden allein in einer größeren Gemeinschaft leben. Jeder Kartäuser ist ein Einsiedler innerhalb eines größeren Ganzen, lebt er doch in einer Zelle, in der er sein Essen durch eine Luke bekommt; die anderen Mönche sieht er nur beim Chorgebet oder bei der Feldarbeit und zweimal in der Woche beim Spaziergang, ein Detail, das mich immer sehr angesprochen hat. In den Niederlanden gibt es keine Kartäuser mehr, sie sind ausgestorben.

Aber gut, hier geht es um *meinen* Kartäuser, um Fledermaus, und Fledermaus mag zwar kein Mönch (in diesem Fall also: keine Nonne) sein, aber gewisse Berührungspunkte gibt es dennoch, denn sie lebt auf Menorca neun Monate im Jahr völlig allein. Wie erbt man eine Katze? Einmal hatte ich mein Haus auf der Insel den Winter über einem merkwürdigen, dem Alkohol nicht abgeneigten Iren überlassen, der auf den Namen JohnJohn hörte. Er hatte keine Bleibe, und Freunde rieten mir zu, da nicht bewohnte Häuser im Winter feucht werden, was den Büchern, die dableiben, nicht gut bekommt – wenn ich im Sommer auf die Insel zurückkehre, verströmen sie immer einen leichten Geruch von Schimmel und Einsamkeit. Als

Gegenleistung sollte JohnJohn einen symbolischen Betrag entrichten. *Sollte* ist in diesem Fall das richtige Wort, denn er hat es nie getan. Was wir statt dessen bekamen, war Fledermaus. JohnJohn wußte nicht, wo er sie lassen sollte, versprach aber, sie am Ende des langen Sommers wieder zu übernehmen. Gesagt und nicht getan. Fledermaus sei, versicherte JohnJohn, »behandelt«, das Heer lediger Kater, das über die Insel zieht, brauche uns kein Kopfzerbrechen zu machen. Unsere einzige Sorge war von diesem Moment an Fledermaus. Sie heißt so, weil sie mit ihren rührenden Radarohren und flugartigen Manövern einer Fledermaus gleicht. Die Insel ist überzogen von Steinmauern, und wer Fledermaus einmal eine solche Mauer hat überwinden sehen, kann sich eigentlich nicht vorstellen, daß sie nicht auch einfach weiterfliegen könnte in die Stratosphäre.

Sehr schnell hatte sie uns adoptiert und im Anschluß daran dressiert. Essen um soundsoviel Uhr, Platz machen im Bett, wenn sie gegen vier Uhr nachts von der Jagd oder aus einer Disco zurückkommt, morgens sehr leise aufstehen (wir!), denn ihr Tag beginnt erst gegen elf – all die Dinge. Sie hatte sich ihrerseits das Geräusch unseres uralten Renault 5 eingeprägt, als Endpunkt einer logischen Abfolge: Geräusch entfernt sich, Abwesenheit der Hausgenossen oder zumindest eines der beiden, Geräusch kehrt zurück, Aufstellung am Tor, Begleitung des Hausgenossen in die Küche, Inspektion dessen, was Markt und Supermarkt diesmal geliefert haben, Festmahl.

Nach drei Monaten hatten wir uns aneinander gewöhnt. Das heißt, Fledermaus hatte sich daran gewöhnt, mehrmals am Tag Abschied von uns zu nehmen. Was sie dann trieb, war unklar. Meist zog sie in Richtung des Schweins der Nachbarn ab, doch weiter wünschte sie nicht verfolgt zu werden. Eigentlich müßten wir uns insofern über unseren eigenen Weggang im Herbst keine allzu großen Sorgen machen (»Die schlägt sich schon durch«), doch das gelingt uns nicht. Amsterdam ginge ja noch, aber ich kann keine Fledermaus nach Japan oder Australien mitnehmen. Außerdem ist dies hier ihr Territorium, ihr Jagdrevier, ihre Heimat, eine Stadt würde sie umbringen. Und trotzdem fühlen wir uns immer schuldig, wenn wir unser Sommerdomizil verlassen. Wie soll sie ohne uns auskommen? Acht, neun Monate lang? Als wir sie bekamen (und sie noch Mrs. Wilkins hieß, dieser lächerliche Name, den JohnJohn ihr gegeben hatte und den wir sofort abgeschafft haben), war sie noch klein. Hier war ihre Welt, doch sie so lange allein zurückzulassen stank nach Verrat. Sie selbst äußerte sich nie dazu, mit gelinder Verwunderung blickte sie auf die etwa zweihundert Dosen Whiskas, die wir eines Tages, Ende September, ins Haus schleppten, ließ sich aber weiter nichts anmerken, fragte auch nicht, ob wir nicht vielleicht doch den Winter über dableiben wollten. Mit Maria von gegenüber hatten wir abgesprochen, daß sie Fledermaus jeden Tag füttern käme, aber ob und wie das geschehen würde, mußten wir (und Fledermaus) abwarten. Der Tag unserer ersten Abreise war dramatisch, doch Fledermaus ersparte uns allzu große Scham, indem sie einfach verschwand. Wir fragten uns, wie es wohl für sie sein würde, wenn sie um vier Uhr nachts plötzlich niemanden mehr vorfinden, wenn niemand mehr mit frischem Fisch vom Markt kommen und ihr jeden Abend, pünktlich zum Sprung von der hohen Mauer, das Haupt-

gericht auftischen würde. Wir werden es nie erfahren. Manchmal rufen wir heute noch Maria aus einem fernen Land an und fragen, wie es *el gato* (Maria hält es für Unsinn, daß Fledermaus eine Frau sein soll) gehe, und sie antwortet unveränderlich, es gehe ihr gut. Was sie sich dabei denkt, wissen wir nicht, wahrscheinlich, daß wir sentimentale Narren sind, die unter Hunderten herrenloser Katzen auf der Insel just diese eine auserwählt haben für ein Leben mit eigenem Haus und Bedienung. Was Fledermaus selbst davon hält, ist nicht herauszubekommen. Sie schreibt nicht, geht nicht ans Telefon und führt kein Tagebuch. Wir wissen nur, daß es bei unserer ersten Rückkehr einen Tag dauerte, bevor wir sie zu Gesicht bekamen. Wahrscheinlich hat sie sich die Sache erst einmal aus der Ferne angeschaut, das Geräusch des Autos aus dem Archivschrank ihres Gedächtnisses ausgegraben, möglicherweise auch das unserer Stimmen; sicher ist, daß wir in jener ersten Nacht um vier Uhr plötzlich ein »Plopp« hörten und sahen, daß die bekannte Pelzjacke ihren Platz in der gewohnten Bettecke wieder eingenommen hatte.

So ging es über Jahre. Kummer beim Abschied, Freude bei der Rückkehr – unsererseits. *Sie* interessiert sich nicht für unsere Reiseberichte, Japan sagt ihr nichts, Amerika auch nicht, meine neuen Bücher liest sie grundsätzlich nicht, nicht einmal, wenn sie darin vorkommt (*Die folgende Geschichte*), die einzige erkennbare Emotion zeigt sich beim Duft gegrillter Sardinen oder sonstiger Köstlichkeiten, die es im Winter nicht gibt. Nur manchmal, ganz hin und wieder und ohne daß wir wissen, warum gerade dann, sucht sie plötzlich einen Schoß auf und beginnt zu schnurren wie ein alter Schiffsmotor. Rätsel.

Einmal jedoch war alles anders bei unserer Rückkehr. Fledermaus erschien zwar, aber ihre Jacke war zerrissen, die Augen trüb und umflort, sie rupfte sich in einem fort große Büschel aus dem Fell, ein Auge tränte ständig, der Flor wurde von Tag zu Tag dunkler. Ausgeschlossen, sie in einen Reisekorb oder Käfig zu bekommen, folglich gingen wir selbst zur Tierärztin im Dorf, einem ernsthaften Mädchen, das aussah wie sechzehn und uns etwas von Gift, Würmern, Flöhen und sonstigem Ungemach erzählte. Ob die Katze gut fresse? Pausenlos. Aber trotzdem sei sie mager? Zum Erbarmen mager, ein Schemen. Ob wir garantieren könnten, daß sie zu Hause sei, wenn sie uns besuchte? Nein, das konnten wir nicht. Augentropfen, Pillen, das alles ging noch, solange ihr ein leckeres Stück Tintenfisch oder Kaninchen dazu gereicht wurde, doch jeder Versuch, sie in einen Katzenkorb zu kriegen, scheiterte, bis eine alte Dame uns den geräumigen Transportkäfig lieh, in dem ihr Pudel auf die Insel und wieder zurück reist. Inzwischen hatten wir die Adresse eines Tierarztehepaars in der Stadt bekommen. Auch dort sprachen wir zunächst ohne Fledermaus vor. Die junge deutsche Frau stand uns Rede und Antwort unter einer Bildergalerie von Hunden und Katzen, die allesamt keine Ähnlichkeit mit Fledermaus hatten. Wir verabredeten, daß wir sofort kommen könnten, wenn es uns gelungen sei, Fledermaus zu fangen. Nach drei Versuchen klappte es, und es war auf fürchterliche Weise unvergeßlich, denn Fledermaus begriff nicht, was ein Käfig ist, und ihre Fassungslosigkeit, als sie endlich drin war, nahm die Form eines Lautes an, der aus einer dreihundertmal größeren Katze zu kommen schien, einem Untier, das irgendwo tief unter der Erde lebte, eine Art Geheul vor Angst, Kummer und Verrat, das sich noch steigerte, als sie hinten im Renault verstaut wurde, und erst verstummte, als sie im Wartezimmer durch ihre Gitterstäbe die anderen Katzen hinter deren Gitterstäben und dann einen erschreckend großen Hund erblickte, der leise winselnd dalag und zitterte, als sei es jeden Moment aus und vorbei mit ihm. Dies war mein erster Besuch bei einem Tierarzt. Der Doktor, jung, blond, fragte, ob Fledermaus wohl sehr wild werden würde, und ich mußte gestehen, daß ich es bei Gott nicht wisse. Ich sah, daß sie aufs äußerste angespannt in ihrem Käfig auf Zeit saß und die Umgebung mit einem Mißtrauen beobachtete, das sie zu allem zu befähigen schien. So schlimm war es dann aber nicht. Der Griff, mit dem der junge Doktor sie mit einem Schwupp aus ihrem Gefängnis holte und, ohne Chance zu Gegenwehr, auf den Tisch drückte, war eine Meisterleistung. Danach begann das Betasten, Befühlen, das Öffnen ihres Raubtiermauls, die Untersuchung und Beurteilung des dort vorhandenen Waffenarsenals. Fledermaus grollte, rührte sich aber nicht, und mir wurde die Aufgabe zuteil, diesen brillanten Griff nachzumachen und sie auf dem Tisch zu halten. Ihr ganzer kleiner Leib schien zu pochen, als sei darin alles nur Herz, aber sie ließ es zu, daß ihre Pfote mit einem wunderbaren Katzenrasierer geschoren wurde. Blut, rot und dünn, wurde ihr abgezapft, und sie bekam eine Spritze mit einer Nadel, die angesichts ihrer eigenen Größe riesig wirkte. Danach durfte sie wieder mit, auf einmal neunjährig, denn das müsse, so der Doktor, ihr Alter sein. Als wir nach Hause kamen, schoß sie wie eine Rakete über die Mauer, wollte uns nie wieder sehen, beschloß, sich künftig ausschließlich mit den üblichen Eidechsen, kleinen Kröten, Heuschrecken und Feldmäusen zu begnügen, und erschien zwei Stunden später zum Mittagessen, als sei nichts geschehen. Aber *war* denn nun eigentlich irgend etwas geschehen? Drei Tage später bekamen wir den Befund, Nieren und Leber waren in Ordnung, der Flor würde in Kürze verschwinden, das Fell wieder glänzen, uns seien noch Jahre gemeinsamen Glücks beschieden. Es mußten lediglich noch ein paar Tropfen hier und winzigkleine Pillen dort verabreicht werden, aber so gesund, wie Fledermaus zu diesem Zeitpunkt bereits wieder war, bin ich noch nie gewesen.

Und jetzt? Der alljährliche Abschied rückt wieder einmal näher, die ersten Gewissensbisse regen sich. Fledermaus läßt sich nichts anmerken. Wenn wir mit dem Essen beginnen, springt sie auf die Mauer und streckt sich, mit dem Hintern zu uns, auf ihr aus. Beim Hauptgericht hält sie mit, auch wenn sie selbst längst gegessen hat. Danach verschwindet sie, Richtung Schwein, in der Dunkelheit. Um vier stellen wir die Uhr nach ihr, und wenn die Sonne aufgeht, schleichen wir vorsichtig aus dem Zimmer. Es ist wohl, kurzum, so, daß Katzen an die Ewigkeit glauben – solange man nicht mit einem Käfig ankommt.

Fledermaus' Ewigkeit sollte noch acht Jahre währen. In der meinen, die, im Verhältnis betrachtet, genauso kurz sein wird, sehe ich ihren Schemen zuweilen noch zwischen den Kakteen umherstreifen, eine graue Hausgöttin, die Bäume und Menschen gegen Blattläuse, Winterstürme und plötzliche Trübsal beschützt.

DER GÄRTNER OHNE GARTEN

Insel

1

Da war Maria, und da war Bartolomeu, da war die Pinie, und da waren drei kleine Kinder. Sie wohnten auf meiner spanischen Insel uns gegenüber in einem Haus, das der Frau von Juan gehörte, dem Bruder von Bartolomeu. Neben ihnen wohnte ein alter Bauer, der krumm war von der harten Arbeit und einen Sohn hatte, der, vorausgesetzt er erreichte dasselbe Alter, genauso krumm sein würde. Der alte Bauer, der aussah wie ein knorriger Baumstumpf, verkaufte mir ein Stück Grund, kurz bevor er wegging, er brauchte das Geld, weil seine Tochter heiraten wollte. Ich sah ihn noch gelegentlich im Dorf, gemeinsam mit seinem Sohn, und dann auf einmal nie mehr.

Zusammen waren sie ein wenig wie das Land selbst, eine Spezies, die verschwunden scheint. Das Land wird nicht mehr bestellt, andere Flurstücke ringsum liegen ebenfalls brach, weil es sich nicht mehr lohnt, kleine Parzellen, eingefaßt von Mauern aus aufgeschichteten Steinen, die ganz langsam verfallen. Sie gehören unsichtbaren Eigentümern, die ihren Besitz in den Grundbüchern schlummern lassen, bis er irgendwann vielleicht im Wert steigt. Er darf nicht bebaut werden, ich bin umgeben von all diesen kleinen Parzellen voll Brombeergestrüpp und Disteln, auf denen höchstens manchmal ein Pferd oder ein Esel abgestellt wird, ein Paradies für Eidechsen und Schildkröten. Die Obstbäume, Zwetschgen, Zitronen und Aprikosen, sind mit der Zeit verkümmert, ihre verdorrten Gerippe Grabmäler ihrer selbst, und ich habe es so belassen, weil ich bis vor kurzem kein Wasser hatte, um in den extrem trockenen Sommern alles zu versorgen, und weil meine Ruhe dadurch geschützt wird. Außerdem hatte ich alle Hände voll zu tun mit meinem Garten.

Es ist über vierzig Jahre her, seit ich das erste Mal hierherkam. Das Haus hatte wohl mal einem Kleinbauern oder einem Tagelöhner gehört, es mußte umgebaut und aufgestockt werden. Weiß war es, wie alle Häuser hier, sogar die Dachziegel waren weiß getüncht, mit *cal*, gegen die sengende Sommerhitze. Zweierlei drängte sich sofort auf: Wasser und Maria. Wasser, weil es keines gab, und Maria, weil man sie überall hörte. Ihre Stimme würde ich noch auf meinem Sterbebett erkennen, ein schriller, hoher Ton, mit dem sie ihre Kinder vom Ende der Welt zurückrufen konnte. Sie sprach den Inseldialekt, der eine Variante des Katalanischen ist und von den Inselbewohnern eigentlich als eigene Sprache betrachtet wird. Oft weht hier der Tramontana, ebensooft der Xaloc, und zusammen mit all den anderen Winden, die genauso schöne Namen haben, sind sie daran schuld, daß die Menorquiner eine harte, gicksende Sprache entwickelt haben, um dagegen anzukommen, ein Klang wie Blumentopfscherben, die man in einen Zinkeimer wirft. Lesen läßt sie sich wundervoll, es ist eine alte Sprache, man hat den Eindruck, Briefe aus dem Mittelalter zu erhalten, vor allem wenn es dann noch um so feudale Dinge geht wie zum Beispiel die Frage, wie weit entfernt von einem Brunnen man wohnen muß, um die Genehmigung zu bekommen, selbst einen zu bohren. Wasser heißt hier *aigu* und wird damit zu einer anderen Substanz, zu etwas, mit dem sparsam umzugehen ist und mit dem Rechte und Pflichten verbunden sind.

2

Auf Inseln ist die Welt in salzig und süß aufgeteilt. Manchmal, wenn ich das Bedürfnis habe, mir die Welt übersichtlich zu machen, fahre ich zur anderen Seite der Insel, stelle das Auto an einem verfallenen Schulgebäude ab, das einfältig in der Einsamkeit herumsteht, und mache mich auf den steilen Weg zum Castell de Santa Àgueda. Es ist eine ordentliche Kletterei, die durch die großen, wie von gewaltigen Wassermassen heruntergerissenen Felsbrocken nicht eben leichter wird. Im Winter kann es hier fürchterlich zugehen, dann verwandelt der Regen den Weg in einen strudelnden Fluß, im Sommer wandert man durch sein ausgetrocknetes Bett, das sich in einem geheimnisvollen Augenblick plötzlich in einen schmalen, befestigten Weg verwandelt. Alle haben diese Insel schon mal besetzt, sie ist reich an rätselhaften prähistorischen Monumenten der Ureinwohner, Konstruktionen aus riesigen Steinblöcken – unvorstellbar, wie sie die aufeinandergetürmt haben. Später kamen Iberer, Phönizier, Römer, Aragonier und Katalanen und aus Nordafrika und dem islamischen Andalusien die Araber, die man hier immer noch Mauren nennt. Lang danach schauten die Niederländer vorbei, auch die Franzosen hatten hier eine Garnison stationiert, mein Dorf heißt nach dem König Saint Louis. Die Engländer schließlich beherrschten von hier aus das halbe Mittelmeer, weil die Insel strategisch so wichtig war. Von runden Wachtürmen aus, die man entlang der Küste gebaut hatte, spähte man übers Meer, um Invasoren aufzuspüren. Wer ein fremdes Schiff entdeckt hatte, gab ein Feuerzeichen und konnte so die Nachricht von einer drohenden Gefahr von Turm zu Turm weiterleiten.

Die Türme stehen noch immer, so wie die Ruinen des Forts, das die Mauren am Santa Àgueda errichtet haben. Ab und zu klettere ich die dreihundert Meter steil nach oben. Der Weg dorthin ist gepflastert mit großen, groben Steinen, ich stelle mir gern vor, daß die Römer sie gesetzt haben. Auf halber Strecke zum Gipfel gibt es einen eigenartigen Rastplatz, wo mitten im wilden Gestrüpp neben einer verfallenen Scheune das Skelett eines Autos aus den zwanziger oder dreißiger Jahren liegt. Inzwischen wächst ein kleiner Baum aus ihm heraus; ich habe das Auto, das meiner Meinung nach einmal ein Hispano Suiza gewesen ist, im Laufe Dutzender von Jahren langsam zerfallen sehen. Die Winterregen haben eine Rostschicht von der Farbe scharlachrot getrockneten Bluts darauf entstehen lassen, alles, was sich abmontieren ließ, ist mitgenommen worden, nur das Lenkrad ragt noch stocksteif und staksig aus dem Rumpf wie ein Verzweiflungszeichen. Unmöglich, daß jemand mit diesem Auto hier heraufgefahren ist, und doch liegt es da, auf halber Strecke gestrandet, jemand muß wahnsinnig dickköpfig oder verzweifelt betrunken gewesen sein, für mich bleibt es eines der Rätsel des Universums, das auch als solches behandelt werden muß. Für den Rest des Aufstiegs habe ich jedesmal etwas, worüber ich nachdenken kann. Am Kastell ist es nicht minder geheimnisvoll. Dort muß, bis dies unmöglich wurde, eine

Bauernfamilie gelebt haben. Vor einigen Jahren gab es hier oben noch Schafe, doch die sind jetzt ebenfalls verschwunden. Ein Haus steht da, ebenso ausgeschlachtet wie das Auto.

Das hat immer etwas Gräßliches: ein Haus, das seine Eingeweide zeigt. Hier war die Küche, ein Rußstreifen, der zum abgerissenen Schornstein führt, eine Verfärbung in der Wand, wo einst etwas, ein Kalender? ein Heiligenbild? gehangen haben muß. Der Ort ist erfüllt von der Abwesenheit von Menschen, Wind jagt durch die leeren Räume. Die Feigenbäume krumm vom Nordwind, der Brunnen voller Steine. Und dies ist das nächste Rätsel. Von hier oben kann ich die Nord- und die Südküste der Insel sehen, buchstäblich ein Meer von Wasser, dessen Salzgeschmack ich kenne. Aber ein Brunnen? In dieser Höhe? Wie tief mußte man bohren, bis man auf Süßwasser stieß?

Wer hier gelebt hat, brauchte mit dem Esel Stunden bis zum nächsten Dorf. Die Einsamkeit muß groß gewesen sein, die Armut ebenfalls, doch wer auch immer die Bewohner waren, die Welt lag ihnen zu Füßen. Ich sehe die Buchten weit unter mir, das steile Cap de Cavalleria mit dem Leuchtturm, die Pinienwälder und Felder, entfernte Bauernhöfe und an der Südküste Segelboote auf der unvorstellbar blaumetallenen Fläche, die das Meer ist.

Wer Durst hat, denkt über Wasser nach. Ich habe natürlich wieder nicht genug mitgenommen, sitze auf dem Rand des toten Brunnens und denke mit einiger Dramatik an eine Gedichtzeile, die irgendwann in meinem Kopf hängengeblieben ist: »Je meurs de soif au bord de la fontaine« (ich sterbe vor Durst am Rande des Brunnens) und lande wie von selbst bei der Geschichte meines eigenen Brunnens. Zu meinem Haus gehörte ein mit zwei anderen Parteien geteilter Brunnen. Der Makler hatte ihn mir gezeigt, weil ein Brunnen in dieser Welt ein Verkaufsargument ist. Ich konnte sehr tief in ihn hinuntersehen, aber da war kein Wasser, nur ein umgekehrter Trichter aus aufeinandergestapelten Steinen, der im Finsteren endete.

Das also war mein Brunnen, aber er lag bei einem kleinen Nebengebäude der Nachbarn und war mausetot. Um ihn wieder zum Leben zu erwecken, mußte ich die Einwilligung der beiden Miteigentümer einholen, die dann natürlich ebenfalls Wasser aus ihm würden schöpfen dürfen. Juan und sein Bruder Bartolomeu hatten nichts einzuwenden, nur wollten sie sich nicht an den Kosten beteiligen. Sie bekamen bereits Wasser von einem Bauern ein Stück weiter, der einen großen, mächtigen *pozo* besaß, an den sie mit unterirdischen Leitungen angeschlossen waren, für deren Nutzung sie stundenweise bezahlten. Dann wurde auf beiden Seiten ein Hahn aufgedreht, und das kostbare Wasser strömte in ihre eigenen *cisternas*, in denen sie auch Regenwasser auffangen konnten.

Für mich wurde eine andere Lösung gefunden, und so traten Bernardo und sein Maulesel in mein Leben. Meine *cisterna* faßte 4000 Liter. Einmal pro Woche rückte Bernardo an, hinter seinem armen Esel auf einem Karren eine Tonne mit 800 Litern Wasser. Er kam fünfmal hintereinander, und das reichte eine Woche lang für Menschen, Bäume und Blumen.

Meine *cisterna* wurde mit einem schweren eisernen Brunnendeckel geschlossen, den ich kaum hochbekam. An diesem Deckel war ein Ring mit einem alten blauen

Strick, ein Marterinstrument für jemanden mit Rückenproblemen. Inzwischen jedoch hatte ich mit dem Übermut des Stadtmenschen zwei junge Palmen gepflanzt (mittlerweile sind es ausgewachsene Riesen), ich hatte eine Zypresse und einen Granatapfelbaum, kurzum, ich stand plötzlich einer Pflanzenfamilie vor, für die ich zu sorgen hatte. Licht gab es genug, doch Wasser mußte von Bernardo herangeschafft werden, und das wurde zu einem richtigen Ritual. Er hob mit großem Kraftaufwand den Brunnendeckel hoch, und dann starrten wir gemeinsam in die Tiefe, die meist von großen Spinnennetzen verschleiert wurde, von denen ich mir nicht vorstellen konnte, daß sie nicht in meinem Trinkwasser landen würden, aber krank bin ich davon nie geworden. Woran ich mich erinnere, ist die ewige Angst, zuviel Wasser zu verbrauchen, das Anheben des Deckels und das dazugehörige eherne Geräusch, wenn man das große, runde Eisending wieder ablegte, der etwas bösartige, höhlenähnliche Raum dort unten, in dessen Tiefe ein Rest Wasser schimmerte, überzogen mit einer wenig vertrauenerweckenden Haut.

Vierzig Jahre sind eine lange Zeit, viele Menschen verschwinden darin. Das merkt man, wenn man sich auf *ein* Thema konzentriert. Bernardo, der Esel und dieser Karren mit der Tonne, sie sind alle verschwunden. Nach Bernardo gab es den Gärtner, dessen Namen ich nie gekannt habe. Wir nannten ihn einfach Señor und sprachen ansonsten vom »Gärtner«. Er hatte dafür gesorgt, daß ich, wie meine Nachbarn, an den großen Brunnen des alten Bauern angeschlossen wurde. Der Gärtner kam einmal die Woche, trug immer einen Strohhut, war ein wenig unbedarft, aber äußerst freundlich, kümmerte sich um das Wasser, werkelte herum, und warf alles, was er abschnitt oder zusammenharkte, über die Mauer auf das angrenzende Stück Land, das ich dem Bauern gegenüber abgekauft hatte, an das ich beim Gießen aber nicht mehr herankam. Doch vielleicht sollte ich erst erklären, wie eine Mauer hier aussieht.

Der Boden dieser Insel ist voller Steine. Damit man das Land bestellen kann, müssen sie entfernt werden, also baut man Mauern damit, schon seit Jahrhunderten. *Pared seca* heißt eine solche Mauer, trockene Mauer. Trocken, weil kein Zement verwendet wird. Es mag an die hunderttausend solcher Mauern auf der Insel geben, und sie sind Meisterwerke. Alles, was man dazu benötigt, sind viele Steine, zwei Männer und eine dünne Schnur. Das gesamte Arsenal an Steinen, ob groß, ob klein, befindet sich im Boden. Sobald ein stattlicher Haufen davon vor den beiden Männern liegt, stellen die sich, jeder mit einem Ende der Schnur in der Hand, ein Stück weit entfernt voneinander auf. Der Rest ist das Werk von Augenmaß und Tradition: Man muß genau wissen, welchen Stein man wohin legt, auf welchen anderen, neben welchen anderen. Die Mauer wächst so Stück für Stück über zwanzig, dreißig, vierzig Meter und mindestens einen Meter Breite. Innendrin, aber das sieht man erst, wenn eine einstürzt, sind die kleineren Steine, die, weil sie nicht mit der Außenluft in Berührung kommen, ihre viel hellere Farbe bewahrt haben. Zwischen den Steinen leben Eidechsen und eine freundliche Landrattenart, und am Fuße unserer Mauer muß es einen Durchschlupf für die Schildkröten geben, obgleich sie darauf achten, daß man nie herausfindet, wo genau. Nur bei großer Hitze kommen sie auf die Terrasse und bitten um Wasser, ohne zu bitten.

Manchmal machen die Mauerbauer auch eine Art Treppe. Dann lassen sie zwei oder drei größere Steine aus der Mauer ragen, nicht genau übereinander, sondern versetzt, ungefähr eine Schrittlänge auseinander, so daß man, ohne außen herumgehen zu müssen, von einem Feld zum anderen gelangen kann. Auf Luftaufnahmen sieht das faszinierend aus, die gesamte Insel ein geometrisches Spinnennetz aus steinernen Fäden, ein Kunstwerk, bereits vor Christus begonnen, an dem von anonymen Künstlern, namenlosen Baumeistern nach wie vor gearbeitet wird.

Nach dem Gärtner mit dem Strohhut, der alles über die Mauer warf, kam der Riese Francisco, der stets eine Zigarre im Mund hatte. Er hob den Deckel der Zisterne an, als wäre es eine Feder, und starrte dann, das gewaltige Hinterteil rückwärts hinausgedrückt, gespannt in die Tiefe, als wäre dort unten die Lösung des Geheimnisses des Universums zu finden. Er regelte auch alles mit dem alten Mann, dem der große Brunnen gehörte. Wasser ist hier Macht, das wurde mir erst richtig klar, als ich den Brunnenbesitzer einmal selbst aufsuchte, weil etwas schiefgelaufen war. Das Verfahren war auch wirklich nicht einfach. Zuerst kam Francisco und sah nach, wieviel Wasser noch im Brunnen war. Wenn es geregnet hatte, wurde nicht so viel benötigt, und wir hatten eine billige Woche. Sobald er die Sache in Augenschein genommen hatte, drehte er bei uns einen Hahn auf, der sich unter dem großen Kaktus vor meinem Arbeitszimmer befindet. Dann ging er zu Fuß zum großen Brunnen und drehte dort einen anderen Hahn auf. Kurz darauf hörte ich das kostbare Wasser in meine *cisterna* strömen, eines der schönsten Geräusche, die ich kenne. Wenn der Brunnen ganz leer war, dauerte dieses Konzert eine Stunde. Die Peseta ist ausgestorben wie der Dodo, der Viertelgulden und der Dinosaurus, aber ich sehe mich noch die Kupfermünzen in Franciscos schwielige Pranken legen, eine Gebärde, die es auch nicht mehr gibt. Nach einigen Jahren bekam Francisco Probleme mit seinem riesigen Rücken und wurde von Stefano abgelöst, dem Enkel des alten Besitzers und künftigen Erben des flüssigen Bodenschatzes, der allerdings stark an Wert verloren hat, nachdem wir im vorigen Jahr endlich ans Wassernetz der Gemeinde angeschlossen wurden.

Spanien bleibt Spanien, das heißt, die einzige, die lange vor uns Wasser hatte, war die in meiner Nähe wohnende *diputada*, eine adlige Sozialistin, die im *Europa*parlament saß und somit eine Vorzugsbehandlung genoß. Vorbei sind jetzt die Gespräche über die Dorfpolitik, das Wetter und die Welt. Die *cisterna* ist leer, ein Hohlraum in der Erde. Doch die alten Gesetze sind noch immer in Kraft; vor nicht allzu langer Zeit kam eine Frau zu mir, um meine Einwilligung in einer Sache zu erbitten, die ich zunächst gar nicht verstand. Die Wasserleitung war nicht bis zu ihr vorgedrungen, und so wollte sie einen Brunnen bohren lassen, doch weil mein toter Brunnen 150 Meter von der dafür vorgesehenen Stelle entfernt lag, benötigte sie meine Einwilligung, und zwar schriftlich. Dies wiederum führte zu einer eingehenden Wasserberatung mit den anderen Nachbarn, die ausgerechnet hatten, daß Stefanos großer Brunnen letztendlich doch billiger käme als das Wasser von der Gemeinde, ein Problem, das während meiner Abwesenheit dadurch gelöst wurde, daß die Gemeinde einfach eine Leitung legte und dabei einen strauchartigen

Baum zerstörte, dessen Namen ich nie gewußt habe und der im September immer kleine gelbe Blüten trug.

Bin ich jetzt froh? Nein, ich vermisse meine Prozession von Wasserheiligen, und ich vermisse das Bewußtsein, daß Wasser etwas Kostbares ist. Und außerdem hat die Gemeinde unsere Leitung so dicht unter der Erdoberfläche verlegt, daß das Wasser in den heißen Sommern nie mehr so kalt ist wie damals, als es noch aus der *cisterna* kam. Manchmal betrachte ich voller Heimweh den mächtigen Deckel, dem der Strick inzwischen abhanden gekommen ist, ein rostiger eiserner Kreis inmitten all dieses Steins.

3

Tote hinterlassen zuweilen kleine Zeichen, die nur für diejenigen sichtbar sind, die sie kennen. Am Stamm der Bougainvillea auf der Terrasse befindet sich irgendwo hoch oben, wo ich nicht so leicht hinkomme, ein Stück schwarze Plastikfolie, einst von Bartolomeu dort angebracht, weil Fledermaus sich da so gern die Krallen schärfte, was der Baum, denn zu einem solchen hatte sich die Bougainvillea inzwischen entwickelt, nicht mochte.

Spanisch war für Bartolomeu eine ausländische Sprache, er sprach Menorquinisch, aber weil er ziemlich verlegen war und nur noch wenige Zähne besaß, konnte ich ihn schlecht verstehen. Außerdem wurde er, wie ich wußte, immer von Maria geschickt, was er auf den Tod nicht ausstehen konnte, doch mit Maria war nicht gut Kirschen essen, also hatte er keine andere Wahl. So um Oktober herum mußte er fragen, ob er die *chumbos*, die Kaktusfrüchte, die man in Frankreich *figues de barbarie* nennt, für seine Schweine pflücken dürfe. Jetzt, da Bartolomeu tot ist und ich endlich gelernt habe, wie man sie schält, ohne hundert haarfeine Stacheln in die Haut zu bekommen, frage ich mich noch immer, wie ein Schwein es wohl findet, eine nadelspitze Scheuerbürste ins Maul zu kriegen. Im November war ich meist schon fort, aber auch für diese Zeit gab es eine Bitte: ob sie in unserer Abwesenheit *ein*mal den alten Bäckertisch benutzen dürften, der uns als Eßtisch dient. Es ist ein langer Tisch, die Platte vor langer Zeit von einem Inselbewohner aus drei glatten Planken angefertigt, mit einer riesigen Schublade und etlichen kleineren Teilen eines Baumstamms als Unterbau. Das Mehl für Tausende von Broten muß in einem früheren Jahrhundert auf diesem Tisch geknetet worden sein. Ich verstand die Bitte zunächst nicht recht, bis mir klar wurde, daß sie meinen Tisch als Altar für die *matanza* brauchten, die alljährlich im November stattfindet. Mein Haus wurde kurzzeitig zu einem Schlachthaus, und das Opfer kannte ich bereits, das war die riesige Sau, die hinter meinem Stück Brachland wohnte, eine einsame Königin in einem Palast aus rostigem Eisen und Plastik, die immer so glücklich war, wenn ich ihr Kartoffelschalen und Kohlstrünke brachte; dieselbe, die von Bartolomeu mit den orangegoldenen Stachelfrüchten meines Kaktus verwöhnt wurde, welche sie mit Haut und Haar und allen Nadeln lautstark und mit Wollust vertilgte.

Im Winter, wenn wir nicht da waren, kümmerte sich Bartolomeu außerdem um das Unkraut. Dafür bekamen wir von Maria jedes Jahr bei unserer Rückkehr eine krakelige Rechnung mit wunderlich zusammenphantasierten

Stunden. Auch Bartolomeu schmiß alles über die Mauer, doch um des lieben Friedens willen trauten wir uns nicht mehr, die Vereinbarung aufzukündigen.

Maria war – ich muß sagen: ist, denn auch wenn sie nicht mehr gegenüber wohnt, sehen wir sie doch noch regelmäßig auf dem Weg oder im Dorf – eine *force of nature*. Im alten Griechenland hätte man eine nicht ganz harmlose Göttin aus ihr gemacht. Auch sie besaß nicht mehr eben viele Zähne, doch bei ihr war keine Rede davon, daß man sie nicht verstand, ihre Stimme durchdrang alles. Kurz, breit, speckig, eine Gestalt, wie ich mir die Frauenfigur aus Coetzees Roman *Schande* vorstelle, halslos, ein Brocken ungebändigter Energie mit scharfem, alles durchschauendem Blick. Daß Bartolomeu es unter ihrem Regime nicht leicht hatte, war offensichtlich, seine einzige Zuflucht war die Bar im Dorf, wo die Männer Domino spielen. Er arbeitete auf dem Bau und zog etwas Gemüse auf dem Grund einer englischen Gräfin und Pferdezüchterin, und kurz nach Erreichen des Rentenalters stürzte er um wie eine Eiche, wahrscheinlich, um Maria nicht zur Last zu fallen – oder um ihr zu entkommen. Jedenfalls war sie aufrichtig traurig, was sie genau einmal in ein paar Sätzen äußerte, und das war die einzige Grabrede, die Bartolomeu zuteil wurde; immerhin war sie länger als die für ihren Bruder, die mir unvergeßlich geblieben ist.

Ich war von einem langen Spaziergang zurückgekommen, und Maria stand am Zaun mit einem Gesicht wie ein Aushängeschild. *Leid* stand darauf. Also mußte ich fragen, was los sei.

»Schrecklich«, sagte sie.

»Aber was ist denn?«

»Mein Bruder.«

»Welcher?« Ich wußte, daß sie elf Brüder und Schwestern hatte, die ich aber längst nicht alle kannte.

»Der jüngste. Er hat Selbstmord begangen.«

Dann sagt man, daß das schrecklich ist, weiß aber, damit ist es nicht getan. Es muß noch eine Frage gestellt werden, und die betrifft nicht das Wie, sondern das Warum.

Die Antwort war von bestürzender Einfachheit und ließ durch die Art und Weise, wie sie gegeben wurde, auch keinen Raum für weitere Fragen.

»Era muy moderno.«

Das war sie also, die ganze Grabrede. Er war sehr modern. Drogen? Alkohol? Verbrechen?

Keine Ahnung, und mehr wurde auch nie darüber gesagt, genausowenig wie über Bartolomeu. Sie sind auf dem Dorffriedhof begraben, auf dem alle, Freund wie Feind, letztendlich landen, an dem eigenartigen Kreisel, an dem die Toten zu Lebzeiten hunderttausendmal vorbeigekommen sind und wo wir uns zur alljährlichen *fiesta* treffen, um uns das gigantische Feuerwerk anzusehen, das den Abschied vom Sommer bedeutet.

Nachbarn

Uns gegenüber wohnte also Maria und neben ihr der alte knorrige Bauer, den ich für mich Eumaios nannte, nach dem Schweinehirten, der Odysseus als erster erkannte, als dieser endlich nach Ithaka zurückgekehrt war. »Gegenüber« muß näher erklärt werden. Das Dorf, zu dem wir gehören, besteht im Grunde aus einer langen Straße, an der die Kirche, das *ajuntament* (Rathaus, Brutstätte brodelnder Politik), die beiden Bars, Casino und La Rueda (Das Rad), sowie verschiedene kleine Geschäfte liegen. Ringsumher ein geordnetes Netz von Straßen, die einander rechtwinklig schneiden. Die Häuser sind niedrig und weiß verputzt. Anders als in den Niederlanden kann man nicht in sie hineinsehen. Geheimnisvolle Leben müssen sich darin abspielen. Abends, wenn man durch die verlassenen Straßen geht, hört man das allzeit erkennbare Geräusch spanischer Fernsehstimmen, die Insel ist mit der großen Welt jenseits des Meeres verbunden. Auf meiner Seite des Dorfes verläuft der Bypass oder auch die Straße des Friedens, Avenida de la Pau, die gebaut wurde, um das Dorf vom Verkehr Richtung Meer zu entlasten. Es darf nicht hoch gebaut werden, doch wir finden drei Stockwerke schon mehr als genug, und sei es nur, weil wir sie alle haben emporwachsen sehen. Die Insel ist voll von Orten, an denen einst *nichts* war. Die Art und Weise, wie wir dieses Wort aussprechen, läßt erkennen, daß wir damit die leeren Strände meinen, an denen heute Hotels stehen, die kleinen Geheimwege, die für uns nicht mehr zugänglich sind, kurzum: den Fortschritt. Von der Avenida zweigen ein paar schmale Straßen ab, die den Anfang eines Labyrinths bilden. Weiter drinnen kommen zwei Autos nicht mehr aneinander vorbei, *zona agricultural*, in der nicht gebaut werden darf.

Am Ende einer dieser immer schmaler werdenden, nicht asphaltierten Straßen biegt eine noch schmalere Straße zu den Häusern von Eumaios und Maria und Bartolomeu mit ihren drei Kindern ab, und gegenüber wohnen wir, ein Mann und eine Frau. Seit 1969. Der Mann ist noch immer derselbe. Die Frau ist seit 1979 eine andere und heißt Simone. Der Rest ist Vergangenheit, denn erst zog Eumaios mit seinem Sohn fort, danach Maria mit ihrer Sippe. Ein Drama war das, ich erzähle es später.

Bei uns hört die Straße auf und auch die Welt. Das macht uns einigermaßen unfindbar, und das ist gut. Ein dichter Baum schirmt uns ab, außer dem Schwein, dem Esel und Manuels Hähnen hören wir in der Regel nichts. Stop! Wer ist Manuel nun wieder? Manuel ist der Sohn von Juan und der Bruder von Lisa, die folglich auch die Tochter von Juan ist und außerdem die Frau von Javier und die Mutter von Isabel, die den Esel abgöttisch liebt und lange Gespräche mit ihm führt, denen dieser geduldig lauscht, weil er weiß, Isa ist das einzige Kind zweier berufstätiger Eltern. Juan, der hinkt, aber noch gut aufs Meer hinaus kann, um Jagd auf *pulpos* zu machen, und der riesige Kürbisse anbaut, ist der Bruder von Bartolomeu. Aber er ist auch der Mann von Josefa, die die Eigentümerin nicht nur des Hauses von Eumaios, sondern auch des Hauses ihrer Schwägerin Maria ist. Und das war dann das Drama, denn Josefa wollte Marias Mietvertrag nicht verlängern. Wer glaubt, das Landleben sei einfach, der irrt. Eumaios war weggezogen, sein weißes arabisches Häuschen, das zusammen mit dem von Maria eine Einheit bildete, stand leer. Maria aber wehrte sich. Sie hing an ihrer Pinie und an ihrem Haus am Ende der Welt, wie wir. Und wir hingen an ihr, wegen der langgezogenen Kampfschreie, mit denen sie ihre Kinder vom Feld rief, wegen der Art und Weise, wie sie mit Fledermaus sprach und die Wasserversorgung organisierte, und wegen der eigenartigen Rechnungen, die sie einmal im Jahr dafür schrieb, daß sie auf alles ein Auge hatte. Sie ritt auf ihrem Moped wie auf einem Schlachtroß, tratschte, als sei das ein Beruf, gehörte in ein episches Drama, das noch geschrieben werden muß, und konnte nicht lesen. Für besagte Rechnungen hatte sie ihre Kinder, aber das merkten wir erst, als sie die Schlacht bereits verloren hatte und die Pinie umgehackt wurde.

Es gab ein kurzes Interregnum von Lisas schöner Schwester, die in Eumaios' leeres Haus zog und etwas mit einem von der Guardia Civil hatte, der nachts mit einem laut wummernden Ghettoblaster nach Hause kam. Sie hatte schreckenerregend schöne eisblaue Augen, die nach einiger Zeit Kummer ausstrahlten, woraufhin auch der Guardia verschwand und erneut Stille einkehrte. Und jetzt? Jetzt wohnen Javier und Lisa genau gegenüber, und Lisas Bruder Manuel wohnt im Haus daneben, und ihr Leben ist meine Uhr. Raus zum Nachtdienst auf dem Flughafen (Javier), morgens Isa in die Schule bringen (Lisa), spät von seinem Restaurant nach Hause kommen (Manuel), ihre Autos akzentuieren die Stille, die hier draußen ohrenbe-

täubend sein kann. Ich bin daran gewöhnt, es hat auch etwas für sich, nicht ganz allein auf der Welt zu sein. Wenn Saison ist, bekommen wir von Manuel Tomaten und Melonen und ab und an auch ein paar Eier als Entschädigung, weil seine Hähne schon um halb sechs damit beginnen, dem ersten Sonnenlicht zuzurufen, und er denkt, daß wir davon zu früh geweckt werden, was auch der Fall ist. Danach werden die Ereignisse von Willy, Sark sowie Tibet I und II begleitet. Vom Dichter Theo Sontrop gibt es die unvergeßliche Verszeile: »Der Hofhund baßt.« Sark, Willy und die beiden Tibets sind beziehungsweise waren Hofhunde und sie bassen bei allem, was sie als Ereignis betrachten, wie zum Beispiel dem Schritt eines Fremden, dem Fahrrad des Postboten und allen Motorgeräuschen, die sie nicht sofort einordnen können. Sark gehört Javier und ist ein großer, melancholischer Jagdhund, der nicht gestreichelt werden will. Er hat eine tiefe, rauhe Stimme und wohnt in einer versteckten Ecke hinter dem Haus. Unser Auto bellt er nicht mehr an, alle anderen Geräusche dagegen schon, vor allem das Moped des Mannes, der sein Pferd füttern kommt, das Prince heißt und neben meinem Studio wohnt. Jedesmal, wenn ich nicht mehr weiterweiß, gehe ich kurz hinaus, und dann sehen wir uns an oder, besser gesagt, ich schaue in Augen eines abgrundtiefen Nichts, und sie (Prince ist eine Stute) wartet auf eine Feige von dem Feigenbaum in der Nähe. Prince ist schön, hochbeinig und schwarz, wie alle Pferde auf der Insel. Pferde sind hier eine Religion, sie haben die Hauptrolle bei allen Dorffesten. Die Reiter heißen dann *caixers* und sehen aus wie das neunzehnte Jahrhundert, mit weißen, in Stiefeln steckenden Hosen, einem Frack und auf dem Kopf einem

Zweispitz. Der Adel reitet mit, manchmal auch weibliche Gemeinderatsmitglieder und immer der Pfarrer, der dann *caixer capellá* heißt. Sie bilden eine lange Prozession, angeführt von einem Esel, dessen Reiter auf einer hohen Flöte, der *fabiol*, spielt. Zuerst geht es zur Messe, und danach beginnt der Ball. Aufpeitschende Musik spielt, immer dieselbe. Aus allen Dörfern der Insel kommen junge Männer und Burschen, um mit den Pferden und ihren Reitern zu tanzen, anders kann man das nicht nennen. Die Kunst besteht darin, das Pferd möglichst lange auf den Hinterbeinen stehen zu lassen. Vor allem der Pfarrer hält eisern aus. Die Jungen tanzen schon fast *unter* seinem Pferd, es wird gejohlt und geschrien, die Musik ist hoch und drängend, die Pferde schlagen mit den Vorderbeinen in der Luft. Dafür muß man gut reiten können, denn irgendwann müssen die Pferde wieder herunterkommen und dabei möglichst niemanden treffen. In der Dorfstraße stehen Zelte, in denen reichlich *pomada* fließt, eine kräftige Mischung aus Zitronenlimonade und Gin, der hier auf der Insel erfunden wurde, ebenso wie die *mahonesa*, die deshalb auf der ganzen Welt noch immer Mayonnaise heißt.

Der Besitzer von Prince ist ein Cousin von Manuel und Lisa. Er kommt jeden Tag, um Prince zu striegeln und mit ihr auszureiten, wofür er eine spezielle Kappe aus schwarzem Samt aufsetzt. Dann sehe ich die Köpfe von Prince und ihrem Reiter hinter der Mauer vorbeigaloppieren. Das geschieht meist zu der Zeit, wenn wir uns zu Tisch setzen, und weil Sark findet, daß Prince ein viel zu großer Hund ist, bellt er sie an. Jeden Tag. Königsberg hatte Kant, um zu wissen, wie spät es ist, ich habe Prince, Sark und die Hähne.

Willy dagegen hatte es speziell auf das Fahrrad des Postboten abgesehen, der deshalb uns und den Nachbarn die Post nicht mehr bringen wollte. Willy, das war eine Art wirres Wollknäuel, mit einem Stock dran hätte er einen phantastischen Mop abgegeben. Sah man ihn auch nur eine Sekunde lang an, so legte er sich schon auf den Rükken, und davon wird man auf dem Land nicht eben sauberer. Willy und ich, wir liebten uns, solche Dinge passieren, und im Gegensatz zu Tibet durfte Willy frei herumlaufen, was er am liebsten bei uns tat. Tibet gehörte ebenfalls Manuel, lag aber an einer sehr kurzen Leine hinter der Mauer. Auch unsere Liebesgeschichte war kurz und heftig. Er bellte fast nie und war sehr einsam. Ein nicht ganz gelungener Deutscher Schäferhund mit Kummeraugen, die nicht fröhlicher wurden, als Manuel ihm neben dem Hühnerstall eine Hütte aus Beton baute, wo er nichtsdestotrotz mit dieser viel zu kurzen Leine angebunden wurde. Die Hütte lag auf der Rückseite des Grundstücks, so daß ich mich, wenn ich ihm etwas geben wollte, abends zu ihm schleichen mußte und dann in einer Orgie der Dankbarkeit fast umgeworfen wurde. Wenn er aufrecht stand an seiner zu kurzen Leine, konnte er die Vorderpfoten auf meine Schultern legen. Er gab dann keinen Mucks von sich, nur leise, hohe Stammellaute unstillbaren Kummers. Ich versuchte gelegentlich, mit Manuel darüber zu sprechen, doch der sagte, das sei nur im Sommer so, wenn er den ganzen Tag in seinem Restaurant sein müsse. Nicht, daß er ihn nicht geliebt hätte, denn wenn Manuel nachts nach Hause kam, durfte Tibet von der Leine, und dann hörte ich, wie er sich, völlig außer Rand und Band, im Kreis drehte wie ein Wirbelwind und wie wahnsinnig auf dem Weg hin und her rannte. Ob das etwas typisch Spanisches ist, weiß ich nicht, Menschen auf dem Land haben eine andere Beziehung zu Tieren.

Wer im Winter die Insel verläßt, verliert sein Recht, mitzureden. Das gilt für den Garten wie für die Hunde des Nachbarn. Ab November durfte Sark mit auf Kaninchenjagd, dann wird er wohl weniger melancholisch gewesen sein. Und im Winter ist Manuels Restaurant die Woche über geschlossen, dann nehme er, sagte er, Tibet überallhin mit. Doch nach dem einen Sommer war Willy tot und nach dem anderen Tibet. Ich sehe sie beide noch vor mir, genau wie Fledermaus. Das sind die einzigen Augenblicke, in denen ich an das Jenseits glaube. Jahrelang hatte Maria Fledermaus während unserer Abwesenheit Futter gebracht. Sie tat das, wurde mir erzählt, mit einem herausfordernden Lockruf, der bereits hundertfünfzig Meter vor der Gartenpforte anhob. Sie konnte es noch immer nicht ertragen, daß sie der Kinder ihres Schwagers wegen ihr Haus hatte verlassen müssen, und dies war ihre Art, zum Ausdruck zu bringen, daß sie in unserem Haus nach wie vor willkommen war. Ihre einzige Sorge galt der Möglichkeit, Fledermaus könne etwas zustoßen, während wir nicht da waren. Ich hatte ihr gesagt, daß es dank ihres Einsatzes nun schon so lange gutgegangen sei, wir würden es ihr niemals übelnehmen, sollte das Schicksal einmal zuschlagen, und daß sie in diesem Fall Fledermaus unter der Bella Sombra in unserem Garten begraben solle. Fledermaus hat die Sache auf ihre Weise gelöst, sie ist einfach eines Tages verschwunden und nie mehr wiedergekommen. Vergiftet, mutmaßte Maria und sah vielsagend zum Haus gegenüber. Davon glaubte ich kein Wort, und in eine Familientragödie sollte man sich ohnehin nie einmischen, schon gar nicht, wenn eine Maria im Spiel ist. Ich hatte nicht vergessen, daß sie eines Tages mit Tränen in den Augen zu uns gekommen war und gefragt hatte, ob *diese Dame aus dem Fernsehen*, die bei einem Autounfall ums Leben gekommen war, eine Freundin von uns sei. Alle Fremden kennen einander, also kam sie, um mit uns zu trauern. Erst als wir nachfragten, um wen es sich denn handele, stellte sich heraus, daß sie Grace Kelly in Monaco meinte. Ich glaube nicht, daß sie erleichtert war, als wir ihr erzählen mußten, daß wir *diese Dame* nicht kannten.

Exit Willy, exit Tibet. Was ich nicht verstehen konnte, war, daß Manuel sich nach einem weiteren Winter einen neuen Tibet zugelegt hatte, einen jungen Hund von gewaltigen Ausmaßen, der angeblich noch viel größer werden würde. Dies sei jetzt, sagte er, ein *echter* Rassehund, womit er Tibet I für mein Gefühl nachträglich noch einen Tritt verpaßte. Für mich gab es nach wie vor nur einen Tibet, doch auf Manuel kann ich nicht böse sein. Er nutzt die langen Winter, um sein Haus zu verschönern. Auf seinem schneeweißen Dach sitzt eine Art steinerner Eule, er hat einen kleinen Teich ausgehoben, in dem Goldfische nachdenklich umherschwimmen, und er trug sich mit dem Gedanken, das klassische Insel-Weiß seines Hauses mit Rosa zu übertünchen, wovon wir ihn Gott sei Dank schließlich abbringen konnten.

Langsame Tage. Die englische Gräfin zwängt sich jeden Morgen mit ihrem Landrover auf dem schmalen Weg zwischen unseren Mauern hindurch, um ihre Pferde zu versorgen, die sie sonntags mit Buggy zu den Pferderennen im Hippodrom schickt. Der Esel, der anfangs ganz weit entfernt stand, ist näher gekommen und lauscht, wie wir, Isas langen Monologen, wenn sie aus der Schule zurückkehrt und ihre Eltern noch nicht zu Hause sind. Paco heißt er, und um seinem grauen Gesicht näher zu sein, klettert sie auf eine Mauer, wenn sie mit ihm spricht. Javier hat nach einem schweren Sturm eine der Mauern um unser Haus wieder aufgebaut, und Lisa berichtet uns von ihren Versuchen abzunehmen und von der schweren Prüfung in Gesundheitsfürsorge, die sie ablegen muß. Nur wir sind diese merkwürdigen Leute, die genau dann, wenn die Insel wieder ruhig wird und sie nach dem Sommer endlich unter sich sind, in ein unsichtbares Leben andernorts verschwinden. Und weil sie uns klarmachen wollen, was wir dann verpassen, haben sie im vergangenen Jahr Fotos von meinem mediterranen Garten im Schnee gemacht. Palmen, Zypresse, Bella Sombra, Yucca, Kakteen, allesamt bizarre weiße Wesen, seltsame Schneemänner im Garten ohne Gärtner.

Post

Früher gab es Miguel. Er war uralt, hatte ein Vogelgesicht und ging, ohne sich zu verirren, durch das Labyrinth all dieser kleinen, gewundenen Wege, die ich einmal als das Netz einer betrunkenen Spinne bezeichnet habe.

Alle Hunde kannten seinen Schritt und ließen ihn unbehelligt. Mindestens fünf Kilometer am Tag ging er, die Post fest zwischen seine alten Finger geklemmt, damals war es noch nicht so viel. Klapperdürr, bohrender Blick aus einem Vogelkopf, ein leichter, wiegender Gang. Inzwischen ist er schon lange tot, ich habe ihn in einem früheren Buch, *Die Insel, das Land*, beschrieben, jemand, der immer denselben dünnen grauen Anzug trug, dessen Jacke gleichzeitig sein Oberhemd war. Ich hörte ihn nie kommen, nicht einmal in der Stille, die bei mir herrschte. »*Letter*«, rief es dann auf einmal, denn er schwirrte ums Haus herum und trat stets auf der Rückseite ein. Seine Hände zitterten ein wenig, aber dagegen kannten wir ein Mittel. Manchmal, wenn er der Meinung war, das letzte Mal sei inzwischen lange genug her, akzeptierte er ein kleines Glas Kognak.

Ein einziges Mal hat er mir einen Brief in die Niederlande geschrieben, zu Neujahr. Der Stil stammte aus früheren Jahrhunderten und aus einem Musterbriefbuch, die zittrige Handschrift auch. Der Schluß dieses Briefes fand und fand kein Ende. Ich solle ewig am Leben und immer gesund bleiben und im Sommer wiederkommen, und bis dahin sei er der meinige, dessen solle ich gewiß sein, Ihr

Diener immerdar, und die Quelle der Post ströme ewiglich. Und so war es auch, bis er, ein Junggeselle, der die Insel nie verlassen hatte, das zum erstenmal tat, indem er gleichzeitig das Leben verließ. Immer wenn ich an seinem Häuschen vorbeikomme, in dem er fast neunzig Jahre lang mit seiner Schwester gelebt hat, denke ich an jenes eine Mal, als ich es betrat. Es roch nach den wilden schwarzen Zigarren, die er rauchte. Seine Schwester hatte Plätzchen gebacken, die man hier *pasticet* nennt, und dazu kredenzte er einen Kräutertrank, so süß, daß mir die Tränen in die Augen schossen, allerdings solche, die nicht nach außen treten. Sie flossen nach innen, Balsamsirup, das Geheimnis seines endlosen Lebens.

Nach ihm kam der Mann mit der Brille, der seiner Arbeit nicht so gern nachging, weil er Angst hatte vor Willy. Etwas an dem Mann versetzte das sonst so ruhige Wollknäuel in Raserei, sobald er dessen Fahrrad nur von ferne hörte, stob Willy vor und begann, um ihn herumzutanzen. Das zimmergroße Postamt lag in einer Gasse hinter der Hauptstraße, unweit der Kirche. Wenn zu lange keine Post gekommen war, ging ich nachsehen, dann lag dort meist ein Stapel angesammelter Briefe. Daß das ärgerlich war, konnte ich Willy nicht klarmachen und dem Postboten auch nicht.

Es war vor den Tagen des Internets. Telefon hatte ich nicht, Post war die einzige Verbindung mit der Welt. Sonntags abends durfte ich bei einem Rotterdamer Chinesen, der auf der Insel ein Restaurant aufgemacht hatte, den Goldenen Drachen, das Telefon benutzen. Dreizehn Jahre lang ging das so. Der Chinese hieß Kok und war viel in der Welt herumgekommen. Er war ein großer Erzähler, und

dadurch liefen die Dinge ein wenig durcheinander. Wenn die Wantan-Suppe gerade fertig war, klingelte das Telefon für mich, und wenn er auf dem Höhepunkt einer gefährlichen Geschichte angelangt war, riefen die Niederlande aus der Ferne. Aber ich wollte kein Telefon im Haus und gab erst nach, als Kok pleite ging und sich in die Arme des spanischen Staates warf, die ihn immer noch wiegen, weil er einst der erste Chinese auf der Insel war.

Nach dem Mann mit der Brille kam Joan, ein *beau garçon* in den Dreißigern. Warum Willy ihm erlaubte, auf dem Fahrrad die Post auszutragen, und der Brille nicht, war unklar. Nach einiger Zeit war plötzlich auch Martha da. Winzig, hübsch und von beeindruckender Blässe, als badete sie tatsächlich jeden Tag in Eselstutenmilch. Sie stammte nicht von der Insel, sondern aus der Rioja, war vorbildlich geschminkt und hielt im Postamt hof. Ein Einschreiben aufzugeben geriet so zu einer fast religiösen Handlung, bei der außerdem noch der Inhalt von *El País* erörtert werden mußte. Neben ihr wurde Joan zu Lady Chatterly's lover, sie gaben wirklich ein schönes Paar ab. Nach einiger Zeit wurde das Postamt eindeutig zu klein und zog in eine Seitenstraße der Avenida um, modern, neu, es gab sogar einen Ventilator. Die *expatriates*, die auf der Insel wohnen, holen sich dort ihre Post aus einer Wand voller Aluminiumschließfächer, eine kleine Agora, die mich selten sieht. In den Niederlanden wäre das undenkbar, aber hier gehe ich einmal im Jahr zu der Party, die Joan und Martha während der Fiesta im Postamt geben, esse Häppchen und trinke sehr viel *pomada*, um den gleichen Pegel wie der Rest des Dorfes zu erreichen, das nach dreitägiger Fiesta und dem abschließenden Feuerwerk, für das New York sich nicht schämen müßte, aussieht, als sei ein Tornado hindurchgefegt.

Im vergangenen Jahr haben sie geheiratet, Joan und Martha. Seitdem bringt sie die Einschreiben nicht mehr vorbei. Joan kommt früher denn je, ich höre ihn auf seinem Fahrrad pfeifen, ein glücklicher Mann. Manchmal sprechen wir von Miguel, der alles zu Fuß schaffte, was er per Rad macht. Aber jetzt gibt es auch viel mehr Post, sagt Joan, und dann sprechen wir über die Toten und die Lebenden und alles, was sich verändert hat und was nie mehr wiederkehrt, und dann radelt er wieder davon in dem gelben Hemd, das irgendein Designer der *Correos* im fernen Madrid für ihn entworfen hat.

Huhn

Ich bin ein Nomadenstamm, der aus zwei Personen besteht. Es ist wieder soweit, wie in jedem Jahr zieht die Herde durch Frankreich, über die Pyrenäen nach Aragón und dann weiter nach Barcelona und auf die Insel. Das Auto sieht aus wie das eines marokkanischen Gastarbeiters, bis obenhin voll mit allem, was man für den langen Sommer braucht, Bücher, Archiv, Kameras, Computer, *sambals* und *bumbus*, indonesische Gewürze, die man dort nicht bekommt. Unterwegs Rast bei Freunden in der Normandie, im Poitou, im Bordelais. Dann nach Jaca, jedes Jahr *ein*mal, denn dort steht die schönste romanische Kathedrale ganz Spaniens. Wein kaufen in der alten Bodega gegenüber der Kirche, dann der Tumult von Barcelona und der noch viel größere Tumult der Schnellfähre. Die langsame fährt nachts und braucht gut neun Stunden, die schnelle schafft es tagsüber in vier, aber dafür muß man leiden. Spanier sind süchtig nach Lärm oder zumindest lärmunempfindlich. Man sitzt in einem fahrenden Saal, in dem alle Plätze in derselben Richtung angeordnet sind, und sobald das Gefährt (es handelt sich um ein Tragflügelboot) sich aus dem Wasser erhebt, legen alle Fernseher gleichzeitig los, und zwar nicht einfach so, sondern mit voller Kraft. Meist sind es Sendungen für Kinder, weil diese sich frühzeitig das Lesen abgewöhnen sollen. Es wird geschrien, gekreischt, gebrüllt, ohne Scheu vor Gewalt werden Tiere zerfetzt, Menschen zerschmettert, Blut trieft über die Mattscheibe, ein vier Stunden dauerndes Pandämonium, aus dem die menschliche Zivilisation ausgeklammert ist. Wenn man um sich blickt, stellt man fest, daß kaum einer zuschaut. Die Leute haben sich mental die Ohren verstöpselt, starren auf das vorbeifliegende Meer, schlafen oder unterhalten sich in dem Versuch, den elektronischen Lärm zu übertönen. Fragen, ob es auch leiser gehe, fruchten nichts, Hinweise auf die Tatsache, daß fast niemand zuschaut, auch nicht. »Es gibt Leute, die es sogar noch lauter wollen.« Ausweichen kann man nicht, denn an Deck darf man nicht, und in der Bar dröhnen die tiefen Bässe und fetzenden Peitschenhiebe eines gnadenlosen Beats, auf daß die Passagiere sich zu Hause fühlen, endlich Urlaub.

Gegen neun die bekannte Form der Insel. Wir landen auf der »anderen« Seite und fahren durch die abendliche Landschaft zu der stillen Ecke, in der ich wohne. Geschwungene Hügel, die Landschaften und Dörfer, die ich seit ewigen Zeiten kenne. Wenn wir zu Hause ankommen, ist es dunkel, aber im Grunde wollen wir auch noch nichts sehen. Jedes Jahr der spannende Moment. War der Zimmermann da? Der Maler? Hat der Gärtner getan, was wir besprochen hatten? Funktioniert das Telefon? Diesmal lautet die Antwort viermal nein. Die Fensterläden sind nicht gestrichen. Die Tür ist nicht repariert. Der abgestorbene Baum ist nicht umgesägt. Und das Telefon funktioniert nicht. Im Haus der Nachbarn brennt kein Licht. Aber die Venus erscheint am Himmel und nach ihr Heerscharen von Sternen. Auch der altbekannte Nachtvogel ist da mit seinem melancholischen Ruf aus der Ferne. Triel, Eule, vollzählig zum Appell angetreten. Alles in Ordnung, zumindest hier. Es sind die Menschen, auf die kein Verlaß ist. Ich sehe meine treue Kassiopeia wie ein großes W über dem Schatten des Baumes, der uns vor neugierigen Blikken schützt, und spüre unter meinen Füßen seine Beeren, die ersten dieser Saison. Dann taucht Manuels Katze auf, Leonor, die das Geräusch meines Autos erkannt hat. Sie ist die Nachfolgerin von Fledermaus, gehört aber nicht uns. Im letzten Jahr hat sie sich bei uns eingefunden. Sobald Manuel mit seinem Sohn in sein Restaurant fährt, kommt Leonor zum Essen zu uns, zweimal am Tag. Weil wir wissen, daß sie bei sich zu Hause ebenfalls gefüttert wird, verstehen wir nicht, warum sie so mager ist. Sie ist weiß mit einem kleinen braunen Fleck hier und da, und sie hat einen Knick im Schwanz. Daran erkenne ich sie nun, denn ansonsten hat sie sich fast bis zur Unkenntlichkeit verändert, ist skelettartig abgemagert und auf einem Auge blind. Statt dieses Auges hat sie jetzt eine blaue Plastikmurmel ohne Pupille. Das andere Auge ist bernsteinfarben. Wie das Gedächtnis von Katzen funktioniert, weiß ich nicht, für sie jedenfalls ist es gestern, wir sind nie fortgewesen, wo bleibt das Essen. Ich hebe sie hoch, sie wiegt nichts mehr. Da weiß ich noch nicht, daß sie drei Kinder bekommen hat, die sie säugen muß. Ich weiß auch noch nicht, daß Tibet II inzwischen ebenfalls tot ist, wie Willy und Tibet I. Das alles erfahre ich am nächsten Tag. Erst einmal sehen, ob das Haus uns schlafen läßt. Stadtmensch auf dem Land. Andere Geräusche. Zunächst keine. Dann, irgendwann mitten in der Nacht, Manuels Auto, das ich, wie Leonor, auf Anhieb erkenne. Später sein Sohn, anderes Geräusch. Dann die große Stille, bespielt vom Wind in den Bäumen, dieses leise, raschelnde Säuseln, wie nur sehr gute Schlagzeuger es hinkriegen und das sich noch am ehesten anhört wie das Rühren einer komplizierten Soße. Um fünf Uhr die Hähne, weiter entfernt als sonst. Manuel hat also keinen Hahn mehr, weiß ich jetzt. Sechs Uhr, das Auto von Javier, er hat Frühdienst oder geht angeln. Um acht bringt Lisa Isabel in die Schule, da bin ich bereits vom BBC Worldservice in das Leid der ganzen Welt getaucht worden, Afghanistan, Irak, Darfur, Bush, Bangladesch, Israel, Fatah, Hamas, es wird Zeit, die Beeren rund ums Haus zusammenzufegen, danach ist der Garten dran.

Keats, in *Hyperion*: »But where the dead leaf fell, there did it rest.« Das also ist jetzt meine Aufgabe an diesem ersten und an jedem weiteren Morgen. »Il faut cultiver son jardin.« Voltaire wußte das bereits, und auch damals gab es Nachrichten aus aller Welt.

Ich bin kein japanischer Mönch, das heißt, ich verbeuge mich nicht vor meinen Bäumen, aber ich liebe sie trotzdem. Die ersten Stunden über bin ich mit diesem sonderbaren Gerät zugange, das man nicht als Rechen bezeichnen kann, einem weit gespreizten V-förmigen Gebilde aus dünnen, am Ende umgebogenen Eisenspaken, mit dem man das tote Laub zu sich heranzieht. Blätter, Zweige, abgestorbenes Unkraut, leere Schneckenhäuser, die geballten schwarzen Exkremente der Schildkröten, Pinienzapfen, Kiefernnadeln, Stückchen und Bröckchen von Sträuchern und Mauern, Vogelfedern, die orangefarbenen Kugeln der nicht eßbaren Datteln unter den Palmen, die kleinen, dünnen Blättchen der Oleaster, die länglichen, ausgetrockneten des Oleanders, das verhärtete Pergament des Ficus, die großen, halbverrotteten Boxhandschuhe des alten Kaktus, dessen reife Früchte in zwei Monaten plötzlich gelbe Blüten an den Spitzen tragen werden. Wir stellen unsere gegenseitige Vertrautheit wieder her. Unter dem Mandelbaum finde ich zwei Eier. Ihre tiefere Bedeutung wird mir erst ein paar Tage später aufgehen. Zuerst muß ich mit dem Rest der Welt ins reine kommen.

Das Telefon ist eine Lebenslinie, fangen wir also damit an. Kein Telefon, kein Internet, Arbeit, die verschickt werden muß, ich komme mir vor wie eine Spinne, deren Netz zerschlagen worden ist, demütigende Abhängigkeit. Mit einemmal zeigt sich, wie weit entfernt wir vom Dorf wohnen, aber auch in der noch entfernteren Stadt gibt es kein Büro der Telefongesellschaft mehr. *Outsourcing*, die Plage des Geldes. Man kann lediglich mit weiblichen Stimmen in der tiefsten Türkei oder in Marokko oder womöglich in Indien telefonieren, und die Stimmen dieser mächtigen Mütter am anderen Ende der Leitung sind nicht ermutigend. Nach zwei Tagen bin ich wütend, nach vier Tagen resigniert, nach sechs abgeklärt, erst der niederländische Vizekonsul auf der Insel kennt jemanden, der jemanden kennt, der früher bei der Telefonica gearbeitet hat und zu berichten weiß, daß alle unsere langen Telefongespräche nie registriert worden sind, aber dann ist die Sache ausgestanden, am neunten Tag erscheint Augustín, ein fröhlicher Peruaner mit schulterlangen Löckchen und unverwüstlich guter Laune. Er sieht sich um, bemerkt die vielen Bücher und fragt, was ich tue. Ich schreibe. *¿Periodista? Si, periodista*. Ein Volltreffer, denn sein ältester Sohn studiert *periodismo*. Wo? In Lima, an der Universität. Seine Familie lebt dort, und er arbeitet hier, um Geld für sie zu verdienen. Sechs Kinder, Sie verstehen. Ich verstehe. *Out-*

sourcing, Zuwanderung, Migrantenwelt. Consuelo, unsere Hilfe, die einmal die Woche kommt, hat ihre Eltern in Ecuador und ihr Töchterchen hier. Jeden Tag um sechs Uhr früh Arbeitsbeginn in einem Hotel, so kann sie etwas Geld nach Quito schicken.

In den telefonlosen Tagen nehme ich mir meinen Garten vor, der weniger beleidigt ist als sonst. Es hat offenbar viel geregnet, und weil wir in diesem Jahr auch etwas früher gekommen sind, liegt noch ein dünner Hauch kleiner karminroter Blättchen über der Baum-Wolfsmilch, als wolle sie mir noch eine Idee davon geben, wie sie im Winter ausgesehen hat. Sie ist schon wieder gewachsen, wenn ich nicht aufpasse, macht sie ihrem Namen bald Ehre. Die Palmen haben sich in ihre Majestät zurückgezogen, die Spitzen der untersten Wedel beginnen bereits zu trauern, das wird harte Arbeit Anfang September. Der dritte Stamm der Yucca, den ich im letzten Jahr mit zwei großen Felsbrocken abgestützt hatte, weil er über den Boden kroch, hat meine Absicht verstanden, er hebt seinen Kopf mit den fünfzig Dolchen jetzt dem Licht entgegen, ein gefährlicher Invalide, der sich langsam aufrichtet. Am höchsten Stamm eine Kaskade aus herabhängenden weißen Blüten, die sich langsam öffnen. Noch drei Wochen, und sie werden auf dem Höhepunkt ihrer Schönheit sein, eine Anstrengung, die sie nur wenige Tage durchhalten, danach bricht abrupt ihr Winter an, ein Memento mori hinter all diesen geschliffenen Messern.

Langsam nimmt das Leben seinen alten Rhythmus wieder auf. Leonor hat ihre Kinderschar vorgezeigt, aber wir haben vereinbart, daß nur sie Anspruch auf ihr Gewohnheitsrecht erheben kann. Sie bekommt zu fressen, wenn wir essen, das muß sie dann eben über ihre Milch weitergeben. Nach zwei Wochen beginnt ihr Fell zu glänzen, nach drei ist es wieder blütenweiß. Sie reicht mit den Vorderpfoten an den Tischrand heran, seit sie halbblind ist, hat sich ihr Geruchssinn verstärkt, sobald ein Duft ihre Aufmerksamkeit erregt, macht sie schnuppernde Aufwärts- und Abwärtsbewegungen mit ihrem Kopf, das bernsteinfarbene Auge, das einen so seltsamen Kontrast zu der blinden blauen Murmel bildet, scannt den Tisch ab, und wenn ihr etwas zusagt, legt sie eines der beiden Pelzpfötchen auf meine linke Hand und reicht ihr Gesuch ein. Alles was daraufhin in ihren Napf kommt, holt sie gleich wieder heraus und legt es auf die roten Steinplatten, was bedeutet, daß nach wenigen Minuten die ersten Ameisen auftauchen, die ein noch besseres Riechorgan haben müssen als hundert Katzen. In langen Reihen kommen sie anmarschiert, Todesschwadronen, und im Nu ist alles weggeräumt, was Leonor hat liegenlassen.

Etwas ist neu. Lange bevor ich einen Laut vernehme, ertönt das tiefe, totenglockenartige Bellen von Sark, Javiers Jagdhund. Erst danach höre auch ich den leichten Motorroller und das Geräusch der Briefkastenklappe, draußen an der Wand des offenen Schuppens, der als Garage dient. Aber es ist nicht Joan, es ist eine weibliche Erscheinung in einem weißen T-Shirt und mit einem Helm in den Postfarben ihres Rollers, butterblumengelb. Joan sei in die Rioja gegangen, für immer. Marta habe es vor Heimweh nicht mehr ausgehalten.

Aber dann wird *er* Heimweh bekommen, sage ich.

Das denkt sie auch. Das Festland ist für die Menschen von der Insel sehr weit weg. Sie meint, eines Tages werde er schon zurückkommen. Er sei den Raum hier gewöhnt und die Freiheit. Und eine Stadt wie Logroño, das sei doch nichts für einen Menorquiner, oder? Aber bevor Joan gegangen sei, habe er ihr ans Herz gelegt, sich gut um meine Post zu kümmern, und das werde sie tun, auch wenn es von Zeit zu Zeit ziemlich viel sei, denn das habe er auch noch gesagt. Und daß sie keine Angst vor dem Hund zu haben brauche, denn der habe mehr Angst vor Menschen als umgekehrt.

Für mich ist er wie eine Uhr, sage ich, ich weiß genau, wen er anbellt und wann. Um Viertel nach acht am Abend, wenn wir uns zu Tisch setzen, bellt er wie immer den Besitzer von Prince an, der um diese Zeit mit seinen beiden großen Dänischen Doggen kommt, um Prince zu striegeln. Kurz darauf setzt dieser seine schwarze Kappe auf und reitet auf dem Weg vorbei. Ich grüße ihn mit erhobenem Glas. Er tippt mit der Gerte an seine Kappe und verschwindet aus meinem Blickfeld. Eine halbe Stunde später kommt er im Galopp und damit in einer Staubwolke zurück, wiederum von Sark angekündigt. In dem Moment beginnen auch die Nachrichten im spanischen Fernsehen. Eine Satellitenschüssel will ich nicht, daher bin ich auf das angewiesen, was man mir hier liefert. Viel Mord und Totschlag in graphischen Details, die Täter immer sichtbar. Danach Waldbrände, Korruptionsfälle, zur Schau gestellte Betrüger, die ihr Gesicht zu verbergen versuchen, politische Schwelbrände, die pathetische Destruktionshaltung der Opposition, die ihre Wahlniederlage immer noch nicht verkraftet hat. Rachsucht, *crispación*.

Erst danach kommen die Bilder, die zu dem gehören, was ich morgens bei BBC gehört habe, Autowracks, in Trümmern liegende Häuser, menschliche Opfer, Hungersnot, gefolgt von einer Orgie an Sport. Doch zu diesem Zeitpunkt sitze ich schon mit dem Gesicht zum Garten, und Leonor ist auf meinen Schoß gekrochen. Ich sehe zu, wie es langsam dunkel wird, die ersten Nachtvögel beginnen zu rufen. Die Kassiopeia steht hinter mir, an der Stelle, an der ich, wenn ich um fünf Uhr aufwache, den Orion sehen kann und weiß, daß es nicht lange danach Licht wird, und Licht ist hier wirklich Licht, strahlend und allesbeherrschend, eine Macht. Dann höre ich auch ein leises Geräusch unter dem großen Baum vorm Haus und weiß, Huhn ist auf seinem Posten. Huhn ist neu zugezogen, das Rätsel der beiden Eier ist gelöst. Weil ich nicht wußte, wie lange sie da schon lagen, hatte ich mich nicht getraut, sie zu essen, doch ein paar Tage später fand ich unter dem Hibiskus ein neues, schneeweißes Ei. Das konnte nur von dem schwarzen Huhn stammen, das ich die Tage zuvor hatte herumscharren sehen, das aber jedesmal, wenn ich ihm zu nahe kam, unter Absingen einer nervösen Arie wegflatterte. Zwei Tage später lag wieder ein Ei da, doch diesmal war mir jemand zuvorgekommen, es war bereits leergeschlürft. Wieder einige Tage später sah ich, wie Huhn vor der Mauer merkwürdig herumscharrte, an der Stelle, wo ein Teil eines wilden Strauchs sich unter dem großen Baum breitgemacht hat und über die Mauer geklettert ist. Huhn tat so, als würde es mich nicht sehen, flog aber auf die Mauer und verschwand unter ein paar Zweigen des Strauchs, dessen Namen ich nicht weiß. Dicke gräuliche, leicht ledrige Blätter, ein gutes Versteck. Als ich mich vorsichtig näherte, beobachtete ich, wie Huhn eigenartige schlurfende Bewegungen machte und sich dann tief zwischen ein paar Steinen einnistete. Einnisten ist das richtige Wort, denn als ich Huhn am nächsten Tag im Garten scharren sah, bin ich von der anderen Seite zur Mauer gegangen und habe einen dieser dichtbewachsenen Zweige angehoben. Sieben Eier. Ich legte meine Hand darauf, sie waren warm. Warm und schön, wie sie da nebeneinander auf den rauhen Steinen angeordnet waren. Sie sahen verlockend aus, diese Eier, aber mir war klar, daß sie nicht für mich bestimmt waren, und ich beschloß zu warten, ob Huhn zurückkommen würde. Aber natürlich. Es flattert wieder, vermeintlich ungesehen, an der Mauer hoch und verschwindet. Als ich vorsichtig nachschaue, sehe ich sein eigenwilliges Gesicht mit dem roten Kamm knapp über die Steine ragen.

Natur ist beeindruckend. Was Huhn in meinem Garten macht, wenn es die Eier kurz im Stich läßt, weiß ich nicht, denn fressen tut es nicht. So geht es nun schon seit Tagen, Huhn sitzt rund um die Uhr. Pflicht. Wo hat es das alles gelernt? Ich möchte, ehrlich gesagt, daß es sich beeilt und daß die Küken schlüpfen, bevor Leonors drei Kinder für immer der Muttermilch entwöhnt sind. Ich weiß auch, daß in der Mauer Ratten der rustikalen Sorte leben, die ich manchmal an den über die Mauer hängenden Palmwedeln hinaufklettern sehe, aber das kann ich Huhn nicht erklären. Ich kann Huhn eigentlich gar nichts erklären, auch nicht, daß ich am Ende des Sommers wieder verschwinde und genausowenig für es sorgen kann wie für Leonor, den Hibiskus, die Hornnarbe und den

Feigenbaum, bis ich im nächsten Jahr in einen Garten voller Katzen, Hühner, abgestorbener Blätter zurückkehre, und zu einem defekten Telefon. Aber jetzt habe ich ja Augustín.

Fretzes

Irgendwann, aber jedenfalls schon vor langer Zeit. In Montmorillon oder in der Nähe soll es ein Hotel geben mit einem guten Restaurant. Wir waren unterwegs von Amsterdam zur Insel, das Auto vollgestopft, wie jedes Jahr. Der Koch besagten Restaurants genoß einen guten Ruf und hatte sogar ein Kochbuch geschrieben, das in der Eingangshalle in einer Vitrine neben Gläsern mit *tripes* und *foie gras* stand. Sein Titel war einfach und essentiell: *La Cuisine du Mouton.* Auf der Karte stand ein Gericht, dessen Name mir nichts sagte, *fraisure d'agneau.* Als ich danach fragte, machte sich beim Ober ein leichtes Zögern bemerkbar. Seine Antwort lautete, es handele sich hierbei um Lammfleisch, ergänzt um den etwas rätselhaften Nachsatz, »aber das mögen die meisten Ausländer ja doch nicht«. Das eigentliche Problem, sagte er, als wir beteuerten, *wir* würden es bestimmt mögen, bestehe darin, daß er auf englisch nie ganz genau erklären könne, was in dem Gericht enthalten sei, da er alle diese Bezeichnungen nicht kenne. Die nächste Frage ist dann natürlich: wofür? Wie sich herausstellte, handelte es sich um Lungen, Herz, Nieren, Milz und weitere Zutaten, die normalerweise im Inneren von Tieren ordentlich weggepackt sind und deshalb auf deutsch auch so schön Innereien heißen.

Das Niederländische benennt dieselben Köstlichkeiten abschätzig mit *afval*, in dem man das englische *offal* wiederfindet, was auch nicht gerade vielversprechend klingt. Ich habe den größten Respekt vor Vegetariern, nicht aber vor Menschen, die halbe Tiere wegwerfen und nur das essen, was ihnen weder Gewissensbisse noch Ekel einflößt. Von derlei Regungen bin ich unbelastet, ich kommuniziere mit dem ganzen Tier und nicht nur mit dem Teil, auf dem es sitzt, wenn es sitzt. Das umfaßt folglich auch die Eingeweide, die Lungen, das Herz und alles, was in diesem Bereich beheimatet ist. Derselbe Fortschritt, der den Menschen Scheu vor allem, was mit dem Tod zu tun hat, eingeflößt hat, hat es auch geschafft, die Teile von Tieren, die jahrhundertelang zur Grundküche gehört haben, heuchlerisch zu verstecken. Man wird sie auf keinem europäischen Markt mehr finden, doch wer jemals in der sogenannten Dritten Welt gereist ist, weiß, dort wird noch das ganze Tier geehrt. Große, freundliche Kuhköpfe starren dich an, die geriffelte Magenwand schimmert neben den rosa Ohren, die Lungen glänzen in der Farbe junger Rosen, kurz gesagt: *Materie* zeigt sich in der unerschöpflichen Vielfalt, die die Volksküche in allen Teilen der Welt schon seit Jahrhunderten inspiriert hat.

Das Kochbuch kaufte ich, fest entschlossen, das Rezept auf der Insel auszuprobieren. Vor vierzig Jahren war der Markt dort noch nicht von der großen Maskerade scheinheiliger Korrektheit erfaßt, die Dinge waren, was sie waren, und die Umgebung besorgte den Rest. Ein großes Gebäude hoch über dem Hafen zwischen dem Fischmarkt und der Kirche. Ein paar Stufen hinauf, und dann kam man in ein großes, spärlich beleuchtetes Karree, das einen offenen Innenhof umschloß. Der Markt selbst fand in dem Teil statt, den man als Umgang oder Kreuzgang bezeichnen könnte. Verkaufsstände entlang den Wänden und in der Mitte. Bäuerinnen vom Land mit ihrem frischen Gemüse, ein alter Mann mit einem einzigen Wildkaninchen und ein paar Eiern, Frauen mit Hühnern und dem harten Inselkäse, Buden mit gesalzenen Sardinen, mit Nüssen und Oliven, Stockfisch und mittelalterlichen Brotlaiben. Beim Schlachter sah es aus wie in Mexiko oder Nordafrika, unmaskierte Wirklichkeit. Auch sonst ähnelte der Markt noch ein wenig einem Souk in einem Ort am Rande der Sahara, gesalzene Fische, schwarzgekleidete Frauen mit frischen und getrockneten Kräutern, die unvermeidliche Zigeunerin mit bestickten Decken, und inmitten von alledem kleine Cafés, in denen man gnadenlos schwarzen Kaffee trinken konnte mit einem entengrützegrünen Kräutertrank von der Insel oder einem Kognak aus der Unterwelt.

Kochen ist Handarbeit, mit der Betonung auf *Arbeit.* Die meisten Menschen haben keine Zeit mehr dafür oder auch keine Lust. Mir dreht sich das Herz um, wenn ich ein Doppelverdienerpaar im Supermarkt unschlüssig vor den Regalen mit Fertiggerichten stehen sehe, Gerichten fertig für die Mikrowelle. Und ich erinnere mich an mein Jahr in Los Angeles, wo alles, was ich für meine *fraisure* benötigte, nur noch auf dem großen mexikanischen Markt oder im Supermarkt in der Abteilung *Für den Hund* zu bekommen war, genauso wie der einzige Fischmann auf dem Biomarkt in Santa Monica *rock cod* nur noch in Scheiben anbot, weil ein *ganzer* Fisch seine Kunden vor unlösbare Rätsel stellte.

Eines meiner Lieblingskochbücher ist eine dicke Bibel von Henri-Paul Pellaprat, einem Mann, der von den ländlichen Traditionen stark beeinflußt war und dafür sorgen wollte, sie zu erhalten. Es ist 1935 erschienen, in einer Zeit, als der Gedanke an Fast Food und alle möglichen späteren Tabus, die inzwischen auch die Tradition in Frankreich zu zerstören drohen, noch nicht aktuell war. Pellaprat beschreibt *fraisure de mouton* folgendermaßen: »Unter diesem Namen versteht man den inneren Abfall (wieder dieses Wort!) des Schafes, bestehend aus Leber, Herz und Lungen, aus dem man eine Art Ragout macht. Die Lungen in grobe Würfel und das Herz in dünne Scheiben schneiden. In etwas Fett anbraten, dann mit Mehl bestreuen und braun werden lassen. Einige Zwiebeln, ein Bouquet garni und Gewürze hinzufügen. Etwas Knoblauch dazutun und mit Wasser und Rotwein ablöschen. Anderthalb Stunden kochen lassen, dann in einer Bratpfanne die in Scheiben geschnittene Leber in Butter sautieren und im letzten Moment zum Ragout geben, damit sie nicht kocht, wodurch sie hart werden würde.« Das stimmt nicht genau mit meinem Rezept aus Montmorillon überein, das meiner Erinnerung nach noch andere Zutaten enthielt, kommt aber ungefähr hin.

Wie dem auch sei, ich begab mich auf dem Markt zum Schlachter und erklärte ihm, was ich suchte. Er hörte geduldig zu und sagte, das Gericht, das ich zubereiten wolle, heiße auf der Insel *fretzes*, was *fraisure* ähnlich genug klang, um wahrscheinlich zu sein. Zu jener Zeit wurde auf der Insel lediglich einmal in der Woche geschlachtet, und es gibt immer weniger Herzen und Lebern als sonstige Fleischteile, also wurde ich auf die nächste Woche vertröstet. Nächste Woche ist in Spanien oft eine Woche, die nach der nächsten Woche kommt, aber eines Tages war es doch soweit, er hatte die Zutaten für mein *fretzes* beiseite gelegt und ging sie jetzt mit einem gewissen Stolz holen.

Ich sah, daß er etwas sehr Großes und Längliches von einem Metallhaken löste und in eine durchsichtige Plastiktüte stopfte. Trotz allem, was ich weiter oben zu diesem Thema gesagt habe, bekam ich doch einen gelinden Schreck, als ich die Tüte zu Hause auspackte. Ich bin kein gelernter Chirurg, und was ich in Händen hielt, war eine Lammzunge, mit der zusammen der Inhalt der Tüte am Haken gehangen hatte, gefolgt vom Kehlkopf und der langen Speiseröhre, an der irgendwie noch alles mögliche befestigt war, darunter ein besonders violett aussehendes Organ, möglicherweise die Milz, mit dem ich mir aber keinen rechten Rat wußte. Ich wusch bei allem soviel wie möglich von dem Blut ab, breitete das Ganze voller Ehrfurcht vor der Natur und ihren eigenartigen Erfindungen auf der Arbeitsfläche aus und begann halt irgendwo. Außer einer Zwiebel schnitt ich auch noch eine Möhre in dünne Scheiben, legte alles in dunkles Bier mit einem großen Lorbeerblatt aus meinem eigenen Garten und ließ der Tradition einige Stunden lang freien Lauf. Daß es für zwei Personen viel zuviel werden würde, war mir bereits klar, aber zum Glück gab es Maria, die damals noch gegenüber wohnte. Ob sie es von dort aus gerochen hat, weiß ich nicht, jedenfalls stand sie plötzlich an der Küchentür, tat, als ob sie erst jetzt ganz intensiv schnuppere, und rief *FRETZES*, in Großbuchstaben. Sie durfte probieren und machte mir das Kompliment, das ich brauchte. Vor tausend Jahren habe sie das gegessen, von ihrer Großmutter zubereitet, und genauso hätte ich es gemacht, ein Wunder. Das könne heutzutage niemand mehr. Applaus.

Ein paar Monate danach kam ihre Revanche. Wenn die ersten richtigen Herbstregen einsetzen, kommen auch die

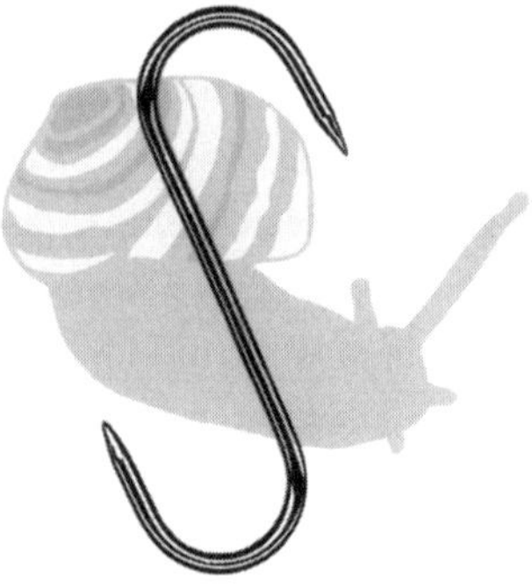

Schnecken. Manchmal kriechen sie nachts in wahren Heerscharen über die Straße, unmöglich, ihnen auszuweichen, es knirscht unter den Reifen. Am nächsten Morgen ist auch der ganze Garten voll von ihnen. Auf der Insel bereitet man Schnecken zusammen mit einem Stück Krabbenbein, Kräutern und etwas Wein zu. Ich hatte das noch nie ausprobiert, und jetzt boten sie sich selbst an auf allen Zweigen. Ich pflückte sie ab wie eine merkwürdige Art sich bewegender Früchte und begab mich hinüber in Marias Haus, um zu fragen, wie es jetzt weiterging. Das erwies sich als nicht so einfach, denn Maria hatte gerade Besuch von den Damen, mit denen sie abends immer einen kleinen Spaziergang machte, wie es hier Brauch war, bevor das Fernsehen endgültig zuschlug. Die Meinungen waren geteilt. Fünfzehn Minuten, eine halbe Stunde, eine Stunde. Mit Tomaten, mit Wein, ohne Wein, wie viele Knoblauchzehen, Thymian, Petersilie, keine Petersilie, ein scholastischer Richtungsstreit entbrannte, in dem vor allem auch ein wenig Mitleid mitklang, denn kochende Männer hat man nicht im Haus, die gibt es nur in Restaurants. Zu Hause kochen die Frauen. Andererseits – Ausländer sind verrückt, das weiß jeder. Mit all diesen verwirrenden Auskünften war ich schon fast wieder an meiner Gartenpforte, als die älteste von Marias Freundinnen hinter mir her kam, Verschwöreraugen unter dem weißen Haar. Alles Unsinn, was ich gehört hätte, nichts weiter als ein bißchen Petersilie, Tomaten, natürlich auch *ajo*, Knoblauch, aber nicht länger als zwanzig Minuten, und *schwach*, unbedingt *schwach* köcheln lassen.

Alles getan wie gesagt, Resultat keinen Stern wert, nicht einmal ein Sternchen. Am nächsten Tag fragte Maria, wie es geschmeckt habe. Mittelprächtig. Bißchen bitter. Ja wo ich die Schnecken denn gekauft hätte? Ich hätte sie nicht gekauft, sondern selbst gepflückt, aufgesammelt, wie nennt man das. Wo denn? In meinem Garten. In meinem Garten, ja wann? Wann? Gestern. GESTERN? Und seien das die Schnecken, die ich gekocht hätte? Ja, genau die. *Große bedrohliche Stille*. Noch einmal: gestern? Und gleich gekocht? Ja. Und gleich gegessen? Ihre Augen verkündeten das Urteil: So etwas Dämliches hat es in der Geschichte noch nie gegeben. Jeder weiß doch, daß man Schnecken erst ein paar Wochen lang in einem Sack mit Sägespänen aufbewahren muß, oder? Nein, wußte ich nicht. Ob ich denn nie auf dem Markt diese geflochtenen Säcke mit Schnecken gesehen hätte? Ja, jetzt, wo sie das sage, sähe ich sie vor mir, diese geflochtenen Netze mit den kleinen Schnecken von der Insel, die es im La Rueda auch immer als *tapas* gibt. Aber warum muß man die erst ein paar Wochen in den Sack tun? Weil sie sich erst von ihrem *caca* trennen müssen, darum. Diesem letzten kleinen Stück, das an ihrem Ende sitzt. Das ist bitter. Das ist ihr Duweißtschon. Ob ich das denn nicht geschmeckt hätte?

Ja, hatte ich. Aber warum sie das denn nicht gesagt habe, als ich nach dem Rezept fragte. WEIL JEDER DAS WEISS, DU TROTTEL. Letzteres sagte sie nicht, aber meine Pluspunkte von den *fretzes* hatte ich vorläufig verspielt, soviel war klar.

Manchmal mache ich noch *fretzes*, hier in Amsterdam. Die meisten meiner Freunde brauche ich dann gar nicht erst einzuladen. Aber der marokkanische Schlachter freut sich immer, wenn es wieder soweit ist.

Der Gärtner ohne Garten

Ein Wintertag in Amsterdam. In *El País* gesehen, daß es auf meiner Insel neun Grad sind und daß es regnet. Heimweh habe ich nicht oft, aber doch das schmerzliche Bewußtsein, ein Doppelleben zu führen. Eines hier und eines dort. Wenn es schlimm wird, schließe ich die Augen und denke an meinen Garten. Ich sehe ihn vor mir, und dann sehe ich auch mich selbst: wie ich die Pforte öffne und hineingehe, nach links, an den paar kümmerlichen Papyruspflanzen vorbei, mit denen ich mir den Sommer über immer so viel Mühe gebe. Sie wollen nicht so recht, mögen meine Abwesenheit nicht. Hohe grüne Stengel haben sie und ganz oben einen Stern aus schmalen Blättern. Es sind nur einige wenige, jedes Jahr, wenn ich wiederkomme, sind ihre Blätter an den Spitzen vertrocknet, dann müssen sie wieder aufgepäppelt werden. Ich habe sie nicht selbst gepflanzt, folglich stehen sie da schon sehr lange. Vor dem Haus wächst ein lorbeerartiger Baum, den die Engländer hier *mile-a-minute* (*Polygonum perfoliatum*) nennen und der sowohl mein Schutzpatron als auch meine Nemesis ist, ersteres weil er uns das Gefühl vermittelt, von der Außenwelt abgeschlossen zu sein, letzteres weil er im Sommer Tag für Tag Aberhunderte kleiner, harter schwarzer Beeren abwirft, die ich zusammenfegen muß, was nicht einfach ist, da der Baum langsam, aber hartnäckig dabei ist, den Steinweg rund ums Haus hochzudrücken. Ich nenne das meine Zen-Übung und habe mir im Laufe der Jahre unzählige neue Strategien ausgedacht, es so effizient wie möglich zu tun. Zum Zusammenfegen benutze ich einen Hexenbesen aus dünnen, biegsamen Zweigen, aber es sind Beeren von schikanösem Wesen, die infolge des Gefälles, das der Baum im Boden verursacht hat, gern in die falsche Richtung rollen oder unter dem Besen davonspringen oder aber genau dorthin fallen, wo man gerade gefegt hat.

Es sind Früchte, aber man kann sie nicht essen, und wenn man versehentlich auf sie tritt, gibt es violette Flekken. Auf dem Höhepunkt des Sommers fallen sie mit orgiastischer Leidenschaft herunter, und im September, wenn die nutzlose Ernte vorbei ist und ich meine Meditation ohne Beeren verrichten darf, beginnen die Blätter zu fallen, denn auch an immergrünen Bäumen wird gestorben. Manchmal stirbt ein Teil des Baums auf unerklärliche Weise ab, dann blickt man in ein Loch aus morschem Holz, das ich dann eben mit roter Erde fülle, weil der Regen es sonst noch weiter faulen läßt. Umhacken will ich ihn aber nicht, da er immer wieder ausschlägt und in neue Richtungen wächst und dann so viele Blätter dazubekommt, daß er uns zuverlässig Schutz und Schatten spendet. Auch diesen Baum habe nicht ich gepflanzt, er war schon da, ebenso wie der inzwischen abgestorbene Granatapfelbaum, die fünf immer höher werdenden Pinien (*Pinus maritima*), die wilden Fettpflanzen (*Aeonia*) und die eine Zypresse, die ich mehr noch als die anderen Gewächse als Freund betrachte, die jedoch im Begriff ist, langsam zu sterben. Ein Baum hat natürlich keinen Rükken, und doch fällt mir kein besserer Name für die Seite meiner Zypresse ein, die ständig dem Nordwind ausgesetzt ist und infolge einer Chemotherapie zu erkahlen

beginnt, von der sie sich nicht mehr erholen wird. Ich mag mir die dann entstehende leere Stelle in der Luft nicht vorstellen, und eine neue Zypresse zu pflanzen hätte (für mich) nur dann Sinn, wenn ich hundertfünfzig würde, also hoffe ich, daß sie gleichzeitig mit mir gehen wird, denn missen mag ich sie noch nicht. Durch ihre Höhe ist sie immer das erste, was man sieht, wenn man sich dem Haus nähert.

Ein Garten, der einem am Herzen liegt, um den man sich aber einen Großteil des Jahres nicht kümmern kann, hat etwas Trauriges. Als Gärtner tauge ich wenig, aber daran ist nicht mangelnde Liebe schuld. »Ein glücklicher Mensch, vom Zweifel überrascht«, ist eine der schönsten Gedichtzeilen von Hugo Claus, und dieser Zweifel befällt mich, wenn ich während des niederländischen Winters an meinen Garten denke. Winter bedeutet auf der Insel Regen, Regen ist Wasser, und Wasser bedeutet, daß der Garten, der während der Zeit meiner Anwesenheit zuweilen eine wüstenartige Dürre aufweist, plötzlich zu leben beginnt. Bei den seltenen Malen, die ich im Winter auf die Insel komme, erkenne ich ihn nicht, er lacht mich aus, morgens ist das hohe Gras, das plötzlich aus dem Nichts erschienen ist, klatschnaß vom Tau, Vögel suchen nach Würmern, die Eidechsen mit ihren alten Gesichtern, die sonst auf der Mauer Spinnen oder Fliegen auflauern, gebärden sich jetzt wie winzige Dinosaurier in einem Urwald. Wenn die Sonne scheint, beginnt alles zu dampfen, hohe Lilien (die, wenn ich wiederkomme, nur ihre tristen braunen Leichen zurückgelassen haben) stehen frohlockend zwischen den Fettpflanzen, die ihre Demut abgelegt haben und jetzt plötzlich gelbe Blüten tragen. Unkraut in vielen Völkern,

Stämmen und Rassen. Unsere Vereinbarung mit Maria sah vor, daß Bartolomeu das alles beseitigen sollte, aber »El Ingles« (so hieß ich für Bartolomeu, da die Niederlande ihm begrifflich ein wenig zu fern waren – das änderte sich erst mit Cruyff und Koeman) ist im Winter irgendwo in Eis und Schnee verschwunden, und bis er wiederkommt, hat die Hitze alles verdorren lassen, so daß es sich wesentlich leichter ausrupfen läßt, denn El Ingles hat ja, wie man weiß, auch noch ein Stück Land hinter der Mauer, und über die wirft man das Zeug dann einfach. Kurz vor unserer Abreise hatten wir immer eine Besprechung in der Nähe des Hibiskus und der Bougainvillea. Thema war das Zurückschneiden, das im Winter erfolgen sollte. Maria behauptete, Bartolomeu könne das, doch er selbst hatte Bedenken. Ich hätte ihn genausogut bitten können, mir den Blinddarm zu entfernen, und so sah der Garten nach seinen Eingriffen in der Regel auch aus: wie ein Patient, der nur noch mit großen Mengen Liebe (Wasser) und Fürsorge halbwegs wieder auf die Beine zu bringen ist.

Es hat Jahre gebraucht, bis ich meinen Garten auch nur ansatzweise verstand und seinen Groll ob meiner Abwesenheit ertragen konnte. Ein Garten ohne Gärtner ist traurig und rächt sich. Es gab (und gibt noch immer) schrecklich viel, was ich nicht weiß. Die Fehler, die ich begangen habe, waren groß, und sie wurden mir heimgezahlt. Man pflanzt keinen Oleander neben eine kleine Palme, denn diese kleine Palme wird eines Tages sehr groß und trinkt dem Oleander alles Wasser weg, selbst wenn der drei Meter entfernt steht. Daß ich den einmal gepflanzten Oleander trotzdem nicht sterben lassen wollte, ist eine Donquichotterie, die sich über Jahre hinzog. Jedes Jahr war ich glücklich, wenn der Zwergstrauch unter meiner Zwangsernährung ein paar Blüten hervorzauberte, wobei ich durchaus sah, daß die Oleander der Nachbarn ihre Besitzer bereits überragten. Zum Teil konnte ich die Schuld auf die Experten schieben, auf die ich gehört hatte. *Gelbe Hibisken gedeihen nicht auf der Insel.* Auch darauf hätte ich nie hören sollen. Und als die Blätter des roten Hibiskus (der jedes Jahr größer wurde) nur bei mir gelb zu werden begannen, sollte ich ihn dem Ratschlag des einen zufolge gießen und dem des anderen zufolge nicht. Irgendwann hatte ich zwischen den Felsen an der Südküste der Insel eine Pflanze ausgegraben und in meinen Garten gepflanzt, von der ich erst viel später erfuhr, daß es sich um ein Wolfsmilchgewächs handelte, eine *Euphorbia dendroides.* Die hält sich nicht, wurde mir gesagt, aber ich wollte es nicht glauben. Ich grub sie mitsamt ihrem vollen, leicht rötlichen Blattschmuck aus. Wenn ich gewußt hätte, was daraufhin geschehen würde, hätte ich ihr einen anderen Platz gegeben, doch zunächst einmal geschah gar nichts, denn es wurde Oktober, und ich flog nach Japan. Als ich im Jahr darauf wiederkam, stand ein Skelett da. Dadurch konnte ich ihre Struktur natürlich gut erkennen. Ein kurzer Stamm mit allerlei Verzweigungen, eine Art toter Zaunpfähle, die mehr oder weniger senkrecht nach oben strebten, eigentlich eher die schematische Darstellung einer gutgehenden Firma denn ein Lebewesen. Mir fiel auf, daß sie doch gewachsen zu sein schien, danach aber aufgegeben hatte. Von ihren roten Dessous war nichts mehr übrig. Das wäre natürlich der Moment gewesen, mir meine Niederlage einzugestehen, doch ich wollte mich nicht kleinkriegen lassen und gab ihr jeden Tag Wasser, ohne daß sie über Monate etwas zurückgegeben hätte. Bis es September wurde. Plötzlich erschienen am Ende dieser Zaunpfähle, die in eine schmale, abgeplattete Spitze ausliefen, winzigkleine grüne Pünktchen, die in den darauffolgenden Wochen immer größer wurden. Ich suchte die Pflanze in der *Encyclopedia de Menorca* und entnahm dem katalanischen Text nebst verschwommenem Foto, daß Rot ihr Frühling ist und Gelb ihr Sommer. Da jedoch ihr Sommer mein Winter ist, wenn ich ein Gärtner ohne Garten bin, blüht die Euphorbia ebenso wie die Lilien für niemanden, außer für sich selbst. Inzwischen hat sie das Auftreten eines amerikanischen Basketballspielers zwischen Pygmäen, doch sie umzupflanzen, dafür ist es zu spät.

Die Zypresse, die Euphorbia, der rote und der rosafarbene Hibiskus, die Pinien, die so schön rauschen können und ein paar Tauben beherbergen, der *mile-a-minute*, der die Amseln füttert, die violette Bougainvillea, die am Haus emporklettert und schon da war, als ich kam, sie gehören inzwischen alle zu meiner Familie. Schließlich habe ich jeden Tag mit ihnen zu tun. Die größte Überraschung in diesem Familienkreis war die Agave. Daß sie nur ein einziges Mal in fünfundzwanzig Jahren blüht und dann abstirbt, wußte ich. Doch Wissen ist etwas anderes als Miterleben. Wasser brauchen Agaven eigentlich nicht, doch wenn man schon mal beim Sprengen ist, lenkt man auch mal einen kleinen Regenschauer auf diese harten, spitz zulaufenden blaugrauen Blätter, in der Hoffnung, daß sie das mögen. Ob es geholfen hat, weiß ich nicht, doch der Moment, als die Agave ohne Vorwarnung zu einer übermütigen und im Grunde rasend schnellen Erektion ansetzte, war atemberaubend. Plötzlich war er da, ein meterhoher, zielstrebiger Phallus, und, wie ich meinte, gleich darauf dieser riesige Turm üppig weißer Blüten, an den ich nicht herankam. Eigentlich war es, als habe die Pflanze sich mit sich selbst gepaart und gebäre jetzt auch gleich noch diese Blüten, ich mußte ein paarmal am Tag hin und nach ihr sehen, mit dem Gefühl, ich sei die Hebamme gewesen. Fünfundzwanzig Jahre hatte sie dafür gebraucht, jetzt war es soweit, sie hatte ihren Auftrag erfüllt, und ich hatte es sehen dürfen, jetzt konnte sie ruhig sterben, und das tat sie auch. Die Sterbeszene am Ende einer Oper ist nichts im Vergleich dazu. Alles, was ich sage, ist wahrscheinlich botanischer Unsinn, doch ich lasse mir meine Illusionen nicht rauben.

Der Platz, wo sie stand, ist jetzt leer, und das ist vielleicht auch besser, denn die Bella Sombra, die ein befreundeter kroatischer Graf mir vermachte, bevor er wegzog, beginnt sich mit ihren Elefantenfüßen in Richtung des frei gewordenen Platzes zu bewegen. Paul war einer jener Menschen, die alle zehn Jahre ein anderer werden. Ich habe ihn als Mann mit einem Restaurant im Hafen gekannt, danach zehn Jahre lang als Bauern in einem entlegenen Tal, der morgens um sechs mit seinen Himbeeren auf den Markt kam. Jetzt ist er Antiquar in London, spezialisiert auf Spanienkarten, aber als er vor dreißig Jahren in dieses Tal zog, tat es ihm leid, die Bella Sombra zurückzulassen, und so pflanzte er sie in meinem Garten zwischen der Zypresse und der Agave ein. Hätte ich die Augen nur ein wenig besser offengehalten, ich hätte wissen können, was mich erwartete. Neben dem Fischmarkt in der nächstgelegenen Stadt stehen zwei, und die sind im Begriff, allmählich die gesamte Insel hochzustemmen.

Übertreibung ist eine Stilfigur. Die Wurzeln der Bella Sombra befinden sich zum Teil über der Erde, und sie sind respekteinflößend. Elefantenbeine aus Holz, mit einer Rinde, die tatsächlich der Haut eines sehr alten Elefanten gleicht. Der Name bedeutet schöner Schatten, man kann wunderbar unter ihr lesen, sie hat feine, längliche, spitz zulaufende Blätter und bekommt traubenförmige Blüten, die sich leicht klebrig anfühlen, und in ihren vielen umgedrehten Blattachseln auf diesen Wurzelbeinen schießen einmal pro Saison neue Bella Sombras in die Höhe, kleine grüne Stämmchen, die auf das Licht zustürmen und die man sofort absägen muß, weil man sonst Eigentümer eines Privaturwalds wird.

Schatten ist wunderbar für Menschen, ein Mandelbaum hingegen wartet nicht gerade darauf. Schade, denn meiner hatte ältere Rechte. Er betrachtet die Bella Sombra als Eindringling und blüht jetzt nur noch unter Protest, einmal bin ich im Januar eigens, um dies zu erleben, hingeflogen. Schließlich benötigt der Baum ein Jahr, um die wenigen Mandeln mit ihren filzigen Joseph-Beuys-Hüllen auszubilden und auf den Boden zu werfen, wo sie dann liegenbleiben, bis die Schale platzt und ich sie mit der Geste des erntenden Landmanns aufsammle. Jäten, harken, fegen, gießen, hegen, entlausen, umsetzen, gut zureden, sägen, ausrotten, wegtragen, Hebammendienst und Sterbebegleitung, von dem Tag an, da ich zurück auf der Insel bin, ist das Leben auf einen Schlag völlig anders. In den ersten Wochen muß man ihren Groll darüber, daß man sie verlassen hatte, über sich ergehen lassen, man muß dem Ficus einen Topf mit mehr Lebensraum geben, man muß Steine anschleppen, um die Yucca neu abzustützen. Man muß auch die Toten ins Auto laden und zu dem von der Gemeinde vorgeschriebenen Ort bringen, weil alle Nachbarn es merken, wenn man sie verbotenerweise einfach verbrennt. Man muß auf einer wackligen Leiter versuchen, die Oleaster, die wilden Olivenbäume, die einem über den Kopf wachsen, zurückzuschneiden, weil sie den anderen nicht die Luft zum Atmen gönnen, und man muß die Kriecher und Schmarotzer zwischen den Schuppen der Palmen herauspulen und dabei ganze Insektendörfer zerstören, ein Greuel für den Hindu, der tief in mir steckt. Kurzum, es führt kein Weg daran vorbei: Ich werde dort ein anderer. Dieser Garten ist ein Porträt deiner Seele, hat eine alte Freundin einmal gesagt, und ich fürchte, sie könnte recht haben, bloß – wer hat schon eine Seele mit zwei Palmen?

Auf einem frühen Foto sind sie zu sehen, meine zwei Palmen. Sie gehen mir bis zu den Knien und auch bis zu denen von Hugo Claus, denn er war dabei, als ich sie pflanzte. Ein Datum ist nicht angegeben, jedenfalls sind sie inzwischen so groß, daß sie den ganzen Garten dominieren, ein mächtiges, anspruchsvolles, gefräßiges Zwillingspaar. Sie dulden nichts in ihrer Umgebung und holen sich das Wasser aus großer Tiefe. Einmal im Jahr muß ich die unteren Zweige absägen. Früher ging das leicht, da waren sie noch nicht so lang. Aber schon damals hatten sie dicht am Stamm eine Reihe gemeiner, äußerst scharfer Dolche, die ich einen nach dem anderen abschneide, damit sie beim Hantieren mit den Gartenabfällen niemandem die Hände aufreißen. Den Rest der Zweige teile ich in drei Teile, weil sie sonst nicht zu transportieren sind. Die Müllabfuhr nimmt sie nicht mit, also entsorge ich sie selbst und begegne ihnen noch tagelang auf dem Weg zum Meer, eine Gruppe entmannter und entwaffneter Wedel, die langsam verdorren. Jedes Jahr entferne ich auch die immer höher hängenden orangefarbenen Datteltrauben mit ihren nicht eßbaren Früchten und den schmalen, polierten Stengeln, aus denen man solch elegante Knüppel machen könnte. Beim letztenmal kam ein Nest frisch geborener Ratten mit, die aussahen wie Bonsai-Säue. Ihr Gequieke schien aus großer Ferne zu kommen, obwohl ich das Nest doch in Händen hielt, ein Geräusch, das ich immer noch höre.

Und Tiere? Außer den scheuen Ratten, den Tauben und Amseln auch Möwen und Bussarde, die über meinen Garten fliegen. Manchmal ein seltener Wiedehopf in seiner tropischen Tracht und diesem eigenartigen auf und ab gehenden Flug. Dann und wann eine Schlange, zu klein, um etwas von Äpfeln und Gut und Böse zu sagen, und ansonsten Schildkröten, Eidechsen, Geckos, bedeutungsvolle Spinnen, die an ihren geometrischen Fliegenfallen weben, daumengroße Motten in Pelzmänteln, alle möglichen Käfer, die nichts anderes tun, als sich tapsig zu paaren und sich ständig in den Bereich meines Besens zu verirren. Im Herbst kommt der einsame Vulkanschmetterling, der sich jedes Jahr auf derselben Aeonie niederläßt. Tiere sehen von Generation zu Generation gleich aus, und wer bin ich, zu behaupten, es sei ein anderer als im vergangenen Jahr? Wären alle diese Tiere Menschen, so hätte ich einen sagenhaften Sexclub, denn sie kennen keinerlei Scham, alles ist drängende, pulsierende Natur. Am beeindruckendsten sind die Schildkröten, weil sie dabei so ein hohes, jaulendes Geräusch machen. Anfangs wußte ich nicht, was es war, mittlerweile aber renne ich dafür aus dem Haus wie der Vater aller Voyeure, denn was da vor sich geht, ist heroisch. Warum das Männchen kleiner ist, weiß ich nicht, und was sie währenddessen zueinander sagen, auch nicht, doch man sieht, wie er immer wieder versucht, sie zu besteigen, worauf sie boshaft – oder verzweifelt, auch das ist offen – ein paar Schritte vorwärts tut, so daß er wieder herunterrutscht. Er versucht sie – im wahrsten Sinne des Wortes – festzunageln, mit einem krummen Ding, das ich immer für seinen Schwanz gehalten hatte, doch jedesmal, wenn er fast am Ziel ist, macht sie wieder diese fatalen Schritte nach vorn. Wer währenddessen die Arien singt, ist unklar, jedenfalls klingt es schmerzlich und hört erst auf, wenn er sie (oder sie ihn) endlich in eine Ecke zwischen den Steinen der Mauer bugsiert hat, so daß sie nicht mehr wegkann. Das ist dann der Beginn der kleinen Schildkröten, die ich später in der Erde finde. Jetzt weiß ich Bescheid, aber beim erstenmal war der Schreck groß. Wie viele ich habe, weiß ich nicht, allein schon deswegen, weil natürlich nicht ich sie habe, sondern sie mich. Das merke ich vor allem dann, wenn es gnadenlos heiß wird und der Augenblick kommt, da sie ihr Haupt (eine Schildkröte hat keinen Kopf) befehlend zu mir hochrecken. Wasser! Ich spritze etwas auf die Terrasse, und man sieht, wie diese gelehrten Häupter ach so langsam das Lebensnaß von den roten Steinplatten lecken. Danach sieht man sie eine ganze Zeit lang nicht mehr, dann schreiben sie Bücher.

Mein Garten liegt auf dem Weg des Mondes, daran kann ich erkennen, wie lange ich hier schon wohne. Früher rollte der Vollmond über die hintere Mauer und über die großen Kakteen, die solche bizarren Schatten werfen. Jetzt versteckt er sich hinter der Bella Sombra, kommt langsam hinter den wilden Oliven empor und wird erst zwischen den hohen Pinien sichtbar. Wenn ich ihn wirklich betrachten will, muß ich ans Meer, aus dem er groß und golden aufsteigt, oder ich muß noch länger warten, bis alles reglos und still ist und der Mond von ganz oben den Garten versilbert, und es für einen Moment so scheint, als könne man dieses Licht trinken.

INTERMEZZO I

Begegnung mit einem Großbuchstaben

Man kommt mit rotem oder mit schwarzem Haar auf die Welt, im zwanzigsten oder im fünfzehnten Jahrhundert, man hält eine Rede vor der Accademia della Crusca in Florenz, und aus dem Korb der sechsundzwanzig Buchstaben, mit denen *Macbeth*, *Die Odyssee*, *Maria Stuart* und *Don Quijote* geschrieben wurden, fällt der Buchstabe L, der im Italienischen der Anfang des Wortes Freiheit ist, in meiner Sprache jedoch nicht.*

Es war Sommer, ich war wieder auf der Insel, ein heißer Julitag. Plötzlich wehte dieser zufällige Buchstabe L bei mir herein, so unabwendbar wie rotes Haar oder mein Geburtsjahr 1933. Das L, mit dem ich nun schon fast mein ganzes Leben lang in seiner Mehrfachform eines Kleinbuchstabens, eines aufdringlichen, eiligen Kursivlings, des breitbeinigen griechischen Lambdas sowie eines Großbuchstabens, der zugleich eine Zahl sein will, mehr oder weniger intimen Umgang pflege, nahm als Großbuchstabe mir gegenüber Platz. Sie sehen es sicher vor sich, es ist dafür wie geschaffen, und ich habe ziemlich gerade spanische Bauernstühle. Beim Eintreten stand es einen Moment lang in der Tür in seiner geradlinigen Schlichtheit, die wir zu Unrecht als Kleinbuchstaben bezeichnen, doch im Sitzen hatte es die Würde des Nachdrucks, wodurch unsere erste Unterredung etwas Förmliches bekam, aber auch Ähnlichkeit mit einem Examen. Zudem war es in die strenge holländische Elsevier gekleidet, was ihm einen fast kalvinistischen Anstrich verlieh.

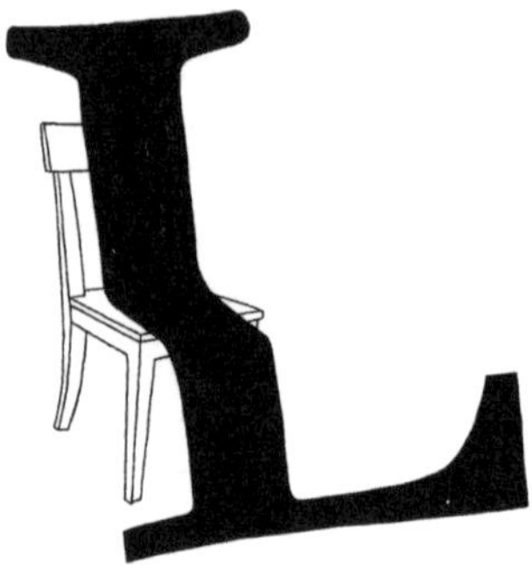

Buchstaben sprechen, wie Sie wissen, alle Sprachen, und so sprach auch dieses L ein makelloses Niederländisch, ein wenig so, wie unsere Königin es ausspricht, und ich nehme an, Sie wollen mir glauben, daß das fast nicht zu übertreffen ist.

Mein L war allerdings nicht des Vergnügens wegen gekommen.

»Haben Sie den Auftrag der Accademia richtig verstanden?« fragte es.

»Ich denke schon«, sagte ich. »Ich soll mir ein Wort in meiner eigenen Sprache aussuchen, das meiner Ansicht nach etwas mit der Idee der Freiheit zu tun hat und mit Ihnen anfängt.«

»Und? Haben Sie schon etwas gefunden?« Der Ton hatte nun etwas Inquisitorisches. Ich habe mich bei Prüfungen nie sonderlich wohl gefühlt.

»Um Ihnen die Wahrheit zu sagen, ich schwanke noch«, sagte ich. »Es gibt zwei Wörter in meiner Sprache, die in meinem Leben von Bedeutung gewesen sind und die mir beide geholfen haben, meine Freiheit zu finden.«

»Und was für Wörter sind das? Substantive?«

»Nein, Verben.«

Für einen Moment blieb es still.

»Ich wüßte gern, was nach mir kommt«, sagte das L schließlich.

»Das verstehe ich«, antwortete ich, »aber ich hätte gern etwas Bedenkzeit.«

»Sie müssen sich also zwischen zwei Verben entscheiden. Meinen Sie nicht, daß Substantive eine Idee viel besser ausdrücken können?«

»Und, was ist mit dem Verb *sein*«, entgegnete ich, doch leicht irritiert. »Auf ihm beruht die gesamte Philosophie. Es wird von Heidegger zu Unrecht mit S geschrieben, als *Sein*, ist aber doch ziemlich essentiell, denken Sie nur an essere ...«

»S und Z sind nicht gerade meine liebsten Kollegen«, sagte das L und stand auf. »Gut, ich gebe Ihnen einen Tag Bedenkzeit. Gibt es auf dieser Insel eine anständige Bibliothek, in der ich schlafen kann?«

»Es gibt die öffentliche Bibliothek«, sagte ich, »aber die wird von allem möglichen besucht, auch von Zeitungen und so.«

»Ich darf nicht wählerisch sein, ich habe eine dienende Funktion.«

»Das weiß ich, aber was halten Sie von der Kathedrale? Dort gibt es wunderbare große Meßbücher, mit ganz viel Platz.«

»Vielleicht«, sagte das L und ging zur Tür. Jetzt, da es wieder zu einem Kleinbuchstaben geworden war, wirkte es sogleich viel sympathischer.

»Darf ich vielleicht an Ihrem Dilemma teilhaben?« fragte es plötzlich.

»Wenn Sie mich nicht beeinflussen, habe ich nichts dagegen«, sagte ich. »Es geht um Laufen oder Lesen, in der Sprache der Accademia also um *caminare* oder *leggere*.«

»Das erste haben Sie früher gemacht als das zweite.«

»Stimmt. Aber nach dem zweiten habe ich das erste anders gemacht. Und Sie sollten mich doch nicht beeinflussen.«

»Laufen und Freiheit«, dachte das L laut. »Und dann Lesen und Freiheit. Ich würde sagen ...«

In jener Nacht hatte ich Zeit, über alles nachzudenken.

Mit Laufen, *caminare* hatte ich natürlich nicht die simple Tätigkeit gemeint, mit der ich fallender- und wieder aufstehenderweise 1935 begonnen hatte, sondern das Reisen, das mein Leben beherrscht hat.

Andererseits, diese zweite Aktivität, das anfangs mühsame Entziffern geheimer Zeichen – und das Übersetzen dieser Zeichen in eine Wirklichkeit, die sie benennen sollten –, mit der ich kurz vor dem Zweiten Weltkrieg begonnen habe, hatte mein Leben ebenso nachhaltig geprägt.

Wann, fragte ich mich, hat das richtige Lesen eigentlich angefangen? In den Klosterschulen der Franziskaner und Augustiner hatte ich Cicero und Ovid, Platon, Xenophon und Homer gelesen, ich war also schon auf dem Parnaß gewesen, bevor ich in die Armenviertel und Außenbezirke, die Parks und Wüsten der zeitgenössischen Literatur kam. Später sollte ich immer neidisch auf Schriftsteller wie Proust, Borges und Nabokov blicken, die in den Bibliotheken ihrer Väter all die Schätze vorgefunden hatten, mit denen sie ein Leben lang wuchern sollten. Bei mir zu Hause gab es keine Bücher. Von den Mönchen hatte ich Lesen gelernt, das immerhin, und dafür werde ich ihnen auch ewig dankbar sein, doch einen Bezug zu meinem eigenen Leben, Literatur, die nicht aus Marmor war, sondern mit mir selbst und der anfänglich so verwirrenden Welt um mich herum zu tun hatte, den fand ich erst später. Dabei handelt es sich natürlich um einen Prozeß, der nicht an einem bestimmten Tag einsetzt, und trotzdem, meine ich, kann ich eine Jahreszahl dafür angeben: 1953. Das war das Jahr, in dem ich beschloß, ohne Gepäck und eigentlich auch ohne Geld per Anhalter in die Welt hinauszuziehen. Ich war neunzehn, und ich begann im wahrsten Sinne des Wortes zu laufen. Doch es war auch das Jahr, in dem ich zum erstenmal Sartre und Faulkner las. Das weiß ich, weil ich immer das Datum in die Bücher schrieb, die ich kaufte. *Sanctuary* von Faulkner, *L'existentialisme est un humanisme* von Sartre, jeweils in der Originalsprache, und was ich damals davon verstanden habe, läßt sich heute schwer ermitteln, doch eines weiß ich gewiß: daß ich in jenem Jahr reisend und lesend die Tür zur Freiheit für mich aufgestoßen habe. Mit dem Laufen habe ich nie wieder aufgehört, und mit dem Lesen auch nicht.

Ein Jahr danach war ich Schriftsteller oder, besser gesagt, ich hatte mein erstes Buch geschrieben, und von dem Moment an nannte mich jeder einen Schriftsteller. Manchmal bedaure ich das fast, und nicht nur deshalb, weil es zu früh war. Borges hat einmal gesagt, Lesen sei um so vieles kultivierter als Schreiben, und mag er die Aussagekraft dieser Äußerung wohl dadurch abgeschwächt haben, daß er doch noch ziemlich viel schrieb – ich denke, ich weiß, was er gemeint hat. Nie wird ein Schriftsteller die absolute Freiheit des uneigennützigen Lesers kennen, der nur Leser ist. Dieses *nur* ist hier nicht pejorativ gemeint, im

Gegenteil. Der Leser, der ausschließlich um des Lesens willen liest, ist der einzige wahre Leser. Schriftsteller lesen raubgierig, sie können es dabei im Grunde nicht lassen, ans Schreiben zu denken. Manche Schriftsteller lesen wie Werkspione, andere wie eifersüchtige Liebhaber, aber wie auch immer – sie sind verdorbene Leser, meilenweit entfernt von jener platonischen Lichtgestalt, dem geträumten idealen Leser, der natürlichen und einzigartigen lebenden Fortsetzung jedes Buches, demjenigen, der das Buch stets von neuem schreibt, ohne den Schriftsteller etwas zu fragen, der seine Wörter bereits abgeliefert hat.

Lesen, das Wort hat in meiner merkwürdigen nördlichen und größtenteils geheimen Sprache von jeher eine Doppelbedeutung. Etymologisch gesehen kommt es aus dem Mittelniederländischen, einer Mutterform meiner Sprache, die im Mittelalter gesprochen und geschrieben wurde: *lesen*, im Altsächsischen *lesan*, im Althochdeutschen ebenfalls *lesan*, im Altfriesischen *lesa* und im Altnordischen *lesa*. Im Gotischen bedeutet *lisan* einsammeln, zusammentragen, doch in meiner Sprache ist dieses *zamelen* zu einem Wort geworden, das kaum mehr benützt wird. Wir kennen es noch in der Bedeutung *ver-zamelen*, sammeln, und in diesem Sinne ist es nur ein kurzer Sprung zum litauischen *lesù*, *lesti*: mit dem Schnabel aufpicken. So mancher Leser wird sich darin wiedererkennen. Es geht ums Wählerischsein, eine Eigenschaft, die jeder gute Leser haben muß, und sei es nur, weil das Wort auf Wahl und damit auf Freiheit verweist.

Der Leser wählt, und es tut mir leid, wenn ich es jetzt kompliziert mache, indem ich Ihnen auch noch die Rückseite und Unterseite meiner Geheimsprache zeige, doch

»der Leser *wählt*« ist in dieser Sprache eine Tautologie, weil Lesen ursprünglich auch Auswählen bedeuten konnte, wenngleich dies nicht unbedingt mit dem Schnabel geschehen mußte. In meiner Sprache könnte »der Leser liest« auch »der Leser wählt« oder »wählt aus« bedeuten, da die ursprüngliche Bedeutung von Lesen mit Einsammeln, Zusammentragen angegeben wird, des weiteren aber auch mit Auswählen, Zusammenfalten, Lesen, Aufsagen, Unterrichten, Erzählen, Studieren. Im Altsächsischen kommt noch die Bedeutung »aufheben« hinzu, und in einigen anderen dieser mythischen altgermanischen Sprachen, von denen Jorge Luis Borges so fasziniert war, bedeutet es auch noch Berichten, Erzählen, Vorlesen. Kurz und gut, in meiner Sprache konnte man früher nicht nur Bücher oder Briefe, Testamente oder Urteile lesen, sondern auch Früchte oder Getreideähren, und das dann wieder, um das Gute vom Schlechten, die Spreu vom Weizen zu trennen, auch dies eine Wahl, die Freiheit impliziert. Gelehrte Stimmen berichten mir, daß diese Bedeutung des Einsammelns, Aufhebens, die ins Lesen übergeht, auch im griechischen *legein* und dem lateinischen *legere* enthalten ist und somit, nehme ich an, auch in *leggere*, womit Sie dann schon wieder in heimatlichen Gefilden sind, doch mich interessiert vor allem das Aufheben. Man hebt das eine auf und das andere nicht, was wiederum heißt: man wählt. Tacitus spricht in *Germania* über das Aufheben im Sinne von Lesen, wenn er das Weissagen mit Runenstäbchen erwähnt, wobei die auf diese geheimnisvolle Weise auf den ausgewählten Stäbchen vorhandenen Runenzeichen gelesen und erklärt wurden.

Der Leser liest, der Leser wählt aus. Der Leser greift zu

dem einen Buch in der Buchhandlung oder der Bibliothek und nicht zu dem anderen. Der Leser ist frei.

»Aber so einfach ist es nicht«, sagte das L.

Es war am frühen Abend wiedergekommen, diesmal elegant in Bodoni gekleidet. Ausgeschlafen war es, es habe, so sagte es, eine wunderbare Nacht im Alten Testament verbracht, sei dadurch freilich auf trübe Gedanken gebracht worden.

»Aber warum?« fragte ich, »das ist doch ein großartiges Buch voller unglaublicher Geschichten!«

»Ja, schon, aber du sprichst von der Freiheit des Lesers. Es gibt, wenn wir die beängstigende Mehrheit der Nicht-Leser mal eben außer acht lassen wollen, zwei Arten von Lesern auf dieser Welt. Die Leser vieler Bücher und die Leser des einen Buches. Das Judentum, das Christentum und der Islam beruhen alle drei auf einem einzigen Buch. Eine Kultur, die auf einem Buch beruht, ist natürlich etwas Großartiges. Wenn dieses Buch allerdings andere Bücher ausschließt, wenn aufgrund dieses einen Buches Menschen, die andere Bücher lesen oder schreiben, verbrannt werden, wie früher bei uns, oder getötet oder mit dem Tode bedroht werden, wie im Augenblick, dann ist es um die Freiheit traurig bestellt. Obwohl es nicht so zu sein bräuchte.«

Sein Blick bekam etwas Trauriges.

»Einst, in einem früheren Spanien, unter aufgeklärten Königen, Emiren, Kalifen, haben die drei Völker des einen Buchs in Formen der Trennung und Einheit zusammengelebt, die die Welt so nie mehr erleben sollte. Doch durch die Bücher aus dem klassischen Altertum, die von arabischen Gelehrten übersetzt wurden, sollte ein Schatz zusammengetragen werden, durch den die Renaissance und später die Aufklärung den Aufschwung nehmen sollten, in dessen Folge sich die westliche Zivilisation von diesem einen Buch abwenden und nach gewaltigen Konflikten von einer Civitas Dei zu einer Civitas terrena werden sollte, wie Augustinus es ausdrückte. Die westliche Welt ist eine säkulare Welt, auch wenn sich der Präsident der Vereinigten Staaten auf Gott beruft und der Papst noch immer in Rom lebt. Und vielleicht bin ich zu düster oder zu einfältig, auch das ist möglich, aber manchmal hat es den Anschein, als sei der sichtbare unsichtbare Krieg, der gerade geführt wird, auch ein Krieg zwischen Lesern, den Lesern der vielen Bücher gegen die Leser des einen Buchs, das kein anderes Buch neben sich duldet.«

Das L hielt kurz inne und fragte dann: »Wofür hast du dich nun entschieden?«

»Fürs Lesen«, sagte ich wahrheitsgemäß.

Das L nickte zufrieden.

»Es ist ein Kreis«, sagte es. »Lesen ist Wählen, aber um wählen zu können, muß man lesen.«

Einen Augenblick lang starrte es vor sich hin und sagte dann unerwartet: »Wenn du nur wüßtest, was für ein schöner Buchstabe ich im Arabischen bin. Wie man mich da kalligraphisch schreibt, ist mir nicht einmal im schönsten Benediktiner-Skriptorium je passiert. Und ich komme zweimal im Namen ihres Gottes vor, du kannst dir also wohl denken ...« und dann, übergangslos: »Was wir jetzt bräuchten, wäre ein Erasmus. Er hatte eine Bibliothek von lediglich 500 Büchern, aber darin war die gesamte Weisheit der Kultur der Antike versammelt. Versammeln, erlesen, da hast du's wieder. Eine erlesene Bibliothek. 1518, als von Rom aus ein neuer Kreuzzug gegen die Türken, lies: den Islam, vorbereitet wurde, schrieb Erasmus in einem Brief an Paul Volz, den Abt des Benediktinerklosters Hügshofen, der später übrigens zum Protestantismus übertrat, man müsse den Türken die Werke Ockhams und Duns Scotus' zu lesen geben, damit sie wüßten, worum es bei uns geht. Das Volk des einen EINEN Buchs zog in den Kampf gegen das Volk des anderen EINEN Buchs. Und was immer Erasmus' Absicht gewesen sein mag, er glaubte auf jeden Fall, es sei gut, die Bücher – Mehrzahl! – des anderen zu lesen …«

Das L erhob sich.

»Es sieht so aus, als habe sich in den letzten fünfhundert Jahren gar nicht mal so viel verändert«, sagte es, »aber ich muß jetzt gehen, man braucht mich überall. Manchmal wäre ich gern ein X.«

An der Tür drehte es sich noch einmal um.

»Bestell meine Grüße in Florenz«, sagte es, »wenn du mich in meiner schönsten Form sehen willst, als ich noch jung war, dann mußt du dort schauen.«

Und es verschwand auf dem Gartenweg. Als es dachte, aus meinem Blickfeld zu sein, sah ich, wie es sich hinter der Zypresse rasch ein Windows 2000 kursiv überzog und zu rennen begann, als begebe es sich auf einen Marathonlauf.

SPUREN

Roter Regen

Eine der Eigentümlichkeiten des Altwerdens besteht darin, daß fast alles eine Erinnerung wachruft. Offenbar hat man ein umfangreiches Bezugssystem aufgebaut, in dem alles mit allem verbunden ist. Alles mit allem, nicht gerade ein Ausdruck, den ich besonders schätze, aber er trifft die Sache. Es ist Sommer auf meiner Insel, die Luftfeuchtigkeit ist hoch, doch der Wind, der vom Meer kommt, dörrt unbarmherzig aus. Es hat schon seit Wochen nicht mehr geregnet. Joan, der Postbote, späht mit mir zu den grauen Wolken hinauf. Wird es regnen, oder wird es nicht regnen?

Das kann er auch nicht sagen, aber wenn es regnet, gibt es *barro*, und ich weiß, was das bedeutet: rötlichen Sand aus der Sahara, der von den Regentropfen mitgebracht wird, so daß die mediterran weiß verputzten Mauern des Hauses am nächsten Morgen aussehen, als hätten sie leicht geblutet. Roter Regen. Alles mit allem, denn in dem Augenblick fällt mir meine erste Reise nach Marokko entlang dem Rand der Sahara ein. Aber warum sehe ich nun auf einmal eine Frau, die bereits seit Jahren tot ist, und, fast gleichzeitig, ein rotes Päckchen Pall Mall, obwohl ich doch schon lange nicht mehr rauche? Mit dieser Frau habe ich einmal eine Reise durch tunesische Oasen gemacht, Nefta, Tozeur, ich spüre das Wellblech der Piste unter mir und frage mich, ob es dort wohl mittlerweile, fast ein halbes Jahrhundert später, richtige Straßen gibt. Wahrscheinlich schon, und ob ich das gut finde, weiß ich nicht. Es war

spannend, diesen staubigen, holperigen Fahrspuren durch die Wüste zu folgen, abends war man gerädert. Wir lagen irgendwo in einem kleinen steinernen Raum und lauschten dem Jaulen und hohen Bellen der Hunde, das sich in einem großen Kreis rund um die Oase bewegte. Die Frau ist viele Jahre später, in einem anderen Leben, auf einer griechischen Insel von einem Felsen gefallen, ich ging in Amsterdam zu ihrer Beerdigung und erinnerte mich an ihr Lachen und ihre tiefe Stimme sowie an ihre großartige Manier, sich zu betrinken, wozu ein Leuchten in ihren Augen gehörte, das ich nie vergessen habe. Das Buch über diese Tunesienreise habe ich ihr gewidmet, dennoch verfolgte mich das Gefühl, einen Verrat begangen zu haben, als ich den Friedhof verließ. Die Lebenden lassen die Toten allein in ihrer immerwährenden Nacht, in der niemand mehr zu ihnen gehört.

Und das Päckchen Pall Mall? Es muß irgendwo in Tinerhir oder Ouarzazate gewesen sein, ein Abend in der Kasbah, auch das vor fast fünfzig Jahren. Dunkelheit, ein unbestimmtes gelbes Licht, kein Pflaster, eine enge Gasse, ein Labyrinth, in dem ich mich, ohne Panik, verirrt habe. Eine Gruppe Männer in Dschellabas. Einer hat eine Holzflöte dabei. Sie fragen, ob ich Zigaretten hätte, und ich habe dieses Päckchen Pall Mall. Tauschen wollen sie, für sie die Zigaretten, für mich ab und an ein Zug aus der Pfeife, die sie in der Runde weiterreichen. Kif, ein Wort, das ich jetzt nicht mehr so oft höre.

Wir gehen irgendwo hinauf, eine schmale Treppe, ein kleines Zimmer, kaum Licht. Der Mann spielt auf seiner Flöte, eine Melodie, die einen unaufhörlich umkreist und einspinnt. Die Pfeife hat Ähnlichkeit mit der Flöte, grob geschnitzt aus unbehandeltem Holz. Die Männer schauen, ob ich es richtig mache. Ich nehme einen ordentlichen Zug, und es geschieht sofort, ohne einen Augenblick Verzögerung. Es muß unvorstellbar starkes Zeug gewesen sein, denn während ich ganz normal zwischen diesen vier Männern auf dem kahlen Boden sitzen bleibe, werde ich gleichzeitig hochgehoben und umgedreht, so daß ich verkehrt herum an der Decke sitze und von dort aus die Welt betrachte. Zu Papier gebracht, klingt es verrückt, aber ich weiß, daß es stimmt, und ich weiß auch, daß ich gerade noch genug bei Verstand war, um mir im klaren zu sein, daß ich dort wegmußte. Aber war das richtig? Hätte ich nicht etwas ganz Besonderes erlebt, wenn ich geblieben wäre? Ich erinnere mich auch nicht an Angst. Und zwar an den Entschluß zu gehen, nicht aber an die Ausführung, denn wie kommt man von einer Zimmerdecke hinunter, ohne hart auf dem Boden aufzuschlagen? Bin ich nach Hause geflogen? Und was heißt: nach Hause? Dazu gibt das Gedächtnis nichts mehr her.

Manchmal stelle ich es mir vor, das absolute Gedächtnis. Wie es wäre, wenn man alles wieder zurückbekäme (sähe, hörte, läse), was man gemacht hat, alle ausgefüllten und alle leeren Momente. Doch dafür brauchte man ein zusätzliches Leben, genauso lang wie das bereits gelebte, und das ist unmöglich. Wo aber sind dann alle diese Momente geblieben? Wenn ich mich nicht an sie erinnere, existieren sie vielleicht anderswo? Denkt das Mädchen aus Casablanca noch manchmal an mich, und wen hat sie dann vor Augen, falls sie noch lebt? Auch das ist unendlich lange her. Sie arbeitete beim Syndicat d'Initiatives in Casablanca und war umwerfend schön. Das weiß ich noch, aber ich habe sie nicht mehr vor mir. Was ist diese Erinnerung dann wert? Ich würde das Mädchen gern noch einmal so sehen, wie ich sie damals sah, aber das eben will das Gedächtnis nicht hergeben. Ich weiß nur noch, daß ich sie nicht anzusprechen wagte und deshalb voller Selbsthaß hinausging, wütend auf mich selbst, weil ich zu feige war. Ich ging bis zur nächsten Ecke, dachte an den soundsovielten einsamen Abend vor mir, machte auf der Stelle kehrt und fragte, ob sie mit mir essen gehen wolle. Die Antwort war rätselhaft. Sie wolle mitkommen, könne allerdings nichts essen. Aber warum nicht? Weil sie Jüdin sei und es Pessach sei oder werde, und dann dürfe sie keinen Krümel essen und keinen Tropfen trinken, was sie folglich auch nicht tat.

Das waren noch andere Zeiten in Marokko, die Juden waren noch nicht nach Israel ausgewandert, sie hatte arabische Freunde, die ein Restaurant besaßen, und dort hat sie mir auf einem großen seidenen Kissen gegenübergesessen, stundenlang, und nichts gegessen. Warum weiß ich nicht mehr, was wir gesprochen haben, und warum kann ich ihr Gesicht nicht mehr sehen, sondern nur noch dieses große goldfarbene Seidenkissen? Gilberte Cahen hieß sie, wenigstens der Name ist mir noch in Erinnerung. Manchmal murmele ich ihn wie eine Zauberformel vor mich hin, und später mußte ich noch oft an sie denken, als ich Proust zu lesen begann und auf die Gilberte stieß, in die sich Marcel, die Hauptfigur, in seiner Jugend verzweifelt verliebt. Er denkt, sie erwidere seine Liebe nicht, doch am Ende seines Lebens, als alles zu spät ist, erzählt sie ihm, daß auch sie in ihn verliebt gewesen sei.

Der rote Regen ist heute nicht gekommen, es ist schwül,

der Wind hat sich gelegt. Ich sähe uns gern auf diesen Kissen sitzen und würde gern hören, was ich an jenem Nachmittag gesagt habe, doch die Zeit zwischen damals und jetzt hat mich taub und blind gemacht. Von hier nach Marokko sind es nur ein paar Hundert Kilometer, aber in diese Vergangenheit kann ich nie mehr zurück.

Wann ist man alt? Im Namen der Abteilung Großtuerei (dort sind bei mir mehrere Zeitarbeitskräfte beschäftigt) muß ich melden, daß ich vor kurzem zum zweitenmal die 33-Tempel-Wanderung in Japan gemacht habe, und das bedeutet: viel Lauferei und Sucherei, beachtliche Klettertouren und schließlich noch Tempeltreppen von bis zu 888 Stufen. Nicht lange danach bin ich mit einem Schiff von Valparaíso um Kap Hoorn nach Buenos Aires gefahren, und wenngleich man das nicht selbst tut, ist Windstärke 10 an Deck beim Kap auch nichts für jedermann. Selbst unternommen habe ich danach noch die Tour im Auto auf der berühmten *ruta 40* nach Bolivien. Auch die *ruta 40* ist eine Straße, die keine ist, aber trotzdem der einzige Weg, eine Piste wie seinerzeit die in der Sahara. Tiefe Kuhlen, Schlaglöcher, kein Asphalt, einfach nur Schotter und Erde. Das geht nicht mit diesem Auto, hatte man mir gesagt. Es braucht nur einmal zu regnen, und du bleibst stecken. Die Warnung war berechtigt, denn der Regen schlägt dort gleich richtige Flußrinnen ins Land, und diese Rinnen bleiben auch dann noch, wenn es nicht mehr regnet, klaffende Furchen, dazwischen barbarische, von diesen plötzlichen Fluten angespülte Steinbrocken, Wüstenei links und rechts, Lamas und straußenähnliche Zweibeiner, die vor einem davonflüchten, lediglich dann und wann ein Zeichen menschlicher Anwesenheit, Gegenverkehr in Form eines als rote Staubwolke vermummten Wagens, und sonst über Hunderte von Kilometern nichts. Ich kann mir nicht vorstellen, daß irgendwann der Augenblick kommt, wo ich so etwas nicht mehr mache, weiß aber gleichzeitig, daß er kommen wird, nur jetzt noch nicht, und diesen Satz kann ich mir noch lange vorsagen.

Gut, dann doch noch einmal die Frage: Wann ist man alt? Meine Mutter wird in diesem Jahr siebenundneunzig, ich bin also noch Kind, das hilft. Alle Welt redet von den immer älter werdenden Menschen, aber was sagt man zu den immer älter werdenden Kindern? Ich bin jetzt vierundsiebzig; was soll man von einem Kind halten, das auf die Achtzig zugeht? Das erste Mal, als mir das schlagartig bewußt wurde, war der Moment, als ein attraktives Mädchen vor mir in der Straßenbahn aufstand. Ich verstand nicht, was sie wollte, und als ich es verstanden hatte, setzte ich mich, um ihr den Gefallen zu tun, aber glücklich war ich nicht. Ich möchte noch immer selbst für ältere Damen und schwangere Frauen aufstehen. Wie lösen wir dieses Problem? Erstens sollte man wohl, wenn man sichtlich so alt ist, daß man von einem Mädchen einen Platz angeboten bekommt, nicht mehr bemerken, daß es attraktiv ist. Was bildest du dir eigentlich ein? Die Zeiten sind vorbei. Vor allem aber traf mich die Tatsache, daß sie bereits festgestellt hatte, daß ich alt war, als mir das noch gar nicht in den Sinn gekommen war. Sie sah außen etwas, was ich innen nicht spüre, darauf läuft es hinaus. Andererseits könnte man sagen, es gebe Grund genug, darüber anders zu denken. Allein in den letzten paar Jahren sind einige Freunde gestorben, die jünger waren als ich. Vielleicht kann man sein Alter an der Zahl toter Menschen messen, die man gekannt hat, und das Bild kippt in dem Moment, in dem man mehr Tote als Lebende kennt. Aber das will noch nicht besagen, daß man auch etwas *spürt*. Komm, komm, Nooteboom, spürst du wirklich nie etwas? Doch, der fünfte Schnaps gestern abend, der hat stärker reingehauen als früher. Und in einem japanischen Tempel lange im Fersensitz zu verharren fällt auch nicht mehr so leicht, aber das war früher schon nicht anders. Meine Geduld gegenüber Schwätzern hat deutlich nachgelassen, Kritik seitens einer neuen, unbedarften Generation tropft von mir ab, sobald ich mir die Hände wasche, und wenn ich in der Ferne die Straßenbahn kommen sehe, versuche ich nicht mehr, den Dreihundert-Meter-Rekord zu verbessern.

Tritt etwas anderes an dessen Stelle? Ich weiß nicht, ob das bei irgend jemandem Begeisterung weckt, aber in meinem Fall war es ein plötzlicher Rückzug in die Zeit. Vor ungefähr einem Jahr schrieb ich leicht nostalgisch über meinen alten Homer, den wir im Internat benutzt hatten. Es war ein in braunes Leinen gebundenes Buch, in dem kein Wort Niederländisch stand, die gesamte Ilias und die gesamte Odyssee in markant gedruckten griechischen Buchstaben – ich sah sie wieder vor mir. Das Buch selbst muß ich irgendwo auf der langen Strecke von 1949 bis heute verloren haben, und auf einmal hatte ich ein so deutlich zu Papier gebrachtes Heimweh danach, daß eine Leserin aus Limburg mir ihr eigenes altes Exemplar schickte. Plötzlich saß ich wieder im Gymnasium Immaculatae Conceptionis bei den Franziskanerpatern in Venray. Ich sah den langen Studiersaal, Hunderte von Jungen, alle über ihre Bücher gebeugt, und zwischen den Bankreihen den Mönch, der uns beaufsichtigen mußte, auf seinen knarrenden Sandalen. Und dieses Buch lag jetzt wieder vor mir, aber ich war noch dümmer als der damals Sechzehnjährige, denn ich konnte fast nichts mehr entziffern. Bis auf ein paar Substantive war alles Griechisch undurchdringbar geworden, ich wußte nicht mehr, was es mit den Verbformen auf sich hatte, und rüttelte an den Türen meines Gedächtnisses, in dem sie doch einst gut aufgehoben waren, doch das Archiv war und blieb geschlossen, eingerostet das Schloß. Irgendwo mußten diese Kenntnisse noch sein, aber ich kam nicht dran. Der Junge von damals wußte mehr als ich heute und versperrte mir den Zugang. Es war, als würde mir eine ganze Welt verwehrt, ich wurde aus Troja und Ithaka verbannt oder, besser gesagt, ich durfte vielleicht noch dorthin, allerdings nur über den Umweg einer anderen Sprache. Was jetzt? Vor zehn Jahren, denke ich, hätte ich die Geduld noch nicht aufgebracht, heute aber, in der Nähe ebendes Meeres, auf dem Odysseus seine Abenteuer bestand, und in Landschaften, die denen der Ilias gleichen, bin ich vorsichtig zu jenen verflogenen Jahren zurückgekehrt. Das Buch und die Buchstaben sind die gleichen, doch nun liegen eine deutsche und eine englische Übersetzung sowie ein griechisch-niederländisches Wörterbuch daneben, ich bin wieder genau dort angelangt, wo ich mit fünfzehn, sechzehn, siebzehn war, liege mit Agamemnon und Menelaos vor Troja und ärgere mich genau wie damals über die unsterblichen Götter, die sich in einem fort auf unzulässige Weise in den Kampf einmischen. Ich bin zu etwas zurückgekehrt, von dem ich mich nie ganz entfernt hatte, die Hast, die mich einst fortgetrieben hatte, ist verschwunden, ich habe Zeit – und vielleicht geht es genau darum, in diesem späten Lebensabschnitt: daß man sich die Zeit nimmt, die man hat.

Die Wolken von heute morgen sind vorbeigezogen. Der Esel meines Nachbarn schreit, wie Esel schon seit Jahrtausenden schreien. Der Regen, der mich auf den Gedanken brachte, alles sei mit allem verbunden, hat sich nicht eingestellt. Statt dessen habe ich an Gilberte Cahen gedacht, an eine Pfeife mit Kif, an den Sturm bei Kap Hoorn, an Homer und mein altes Gymnasium, an Mädchen, die in der Straßenbahn für einen aufstehen, und Freunde, die nicht mehr da sind, kurzum: an den Platz, den wir mit unseren Erinnerungen, wie Proust sagt, in der Zeit einnehmen und der um so vieles größer ist als der, den wir im Raum einnehmen. Man muß lediglich gelebt haben und darf damit noch nicht aufhören.

Erste Reisen

I. Grenzen

»Serena is determined to learn the truth about the past, without realising that the past, like the future, can only be imagined.«

Ein Satz, den ich vor gar nicht so langer Zeit aus einer Buchbesprechung abgeschrieben habe, weil er so wahr ist. Um welches Buch es ging, weiß ich nicht mehr, aber für »imagined« kann man »vorgestellt« lesen und für »vorgestellt« »ersonnen«. Auf der Suche durch meine ersonnene Vergangenheit stieß ich vor kurzem auf ein paar alte Tagebücher. Kein wahres Vergnügen, weil ich ihren Verfasser kaum ertragen kann, was natürlich eine Form von Eitelkeit und falscher Scham ist. So will man nicht gewesen sein, ein bißchen schwärmerisch, romantisch, jemand, der im Werden begriffen ist und noch sehr lange dafür brauchen sollte. Blaue Hefte waren es, und die Pedanterie begann gleich auf der ersten Seite mit dem nicht ganz geglückten lateinischen Satz *Uglantarius hoc fecit* oder auch: Nußbaum (Nooteboom) hat dies gemacht. Ich verzeihe ihm, notgedrungen, seine unerträglichen Verliebtheiten in Filmstars und in echte Mädchen, seine Schwärmerei für das, was er für Kunst hielt, und viel moralisches Geschwafel, das nach Internat und Patern riecht. Zu seiner Verteidigung könnte ich die Miserabilia von Krieg, Scheidung der Eltern, toten Vätern sowie Pflegefamilien anführen, aber dazu habe ich keine Lust, und sei es allein schon wegen der Täuschung in Gestalt der dritten Person, durch die ich diese jugendliche Erscheinung meiner selbst auf Distanz zu halten versuche. Zum Glück gibt es keine Fotos davon, aber als ich das erste Mal nach Amsterdam kam, paradierte ich dort mit einem Spazierstock umher, ich versuchte, irgend jemandem ähnlich zu sehen, ohne genau zu wissen, wem, wahrscheinlich Truman Capote, wie er auf der Rückseite von *Other Voices Other Rooms* abgebildet war, ein schwül dreinblickender Schriftsteller in einer Brokatweste, der genausowenig Ähnlichkeit mit seinem späteren aufgedunsenen Ich aufweisen sollte wie ich mit dem meinen. Es stellt sich die Frage, ob das umgekehrt auch zutrifft. Hat der Vierundsiebzigjährige, der mit mehr Abneigung denn Liebe auf seine eigene runde Handschrift von damals blickt und liest, wie oft er in dieser unvorstellbar entschwundenen Zeit am Haus wieder einer unerreichbaren Beatrice vorbeigeradelt ist, doch noch ein wenig Ähnlichkeit mit diesem früheren einsamen Schwärmer? Daß das nie vergeht, wußte ich aus den ebenso verzweifelten Passagen von Thomas Manns Tagebuch, wo sich der über Siebzigjährige mit der Frage quält, ob der Liftboy in seinem Züricher Hotel ihn denn nun angeschaut habe oder nicht. Ich las meine eigenen unbeholfenen Herzensergüsse und fragte mich, ob in all diesem turbulenten Unsinn nicht vielleicht doch der Kern dessen steckte, was später der treibende Motor meines Schreibens werden sollte. Es muß fast so sein, aber es war keine sanfte Landung.

Wie die Serena aus diesem Buch, das ich nie gelesen habe, mußte ich lernen, daß man die Vergangenheit, auch die eigene, nur ersinnen kann.

Erst *Der Ritter ist gestorben* und die Jahre der großen Reisen sollten mich in die Nähe desjenigen bringen, der ich später geworden bin. Von der Zeit davor weiß ich viel und nichts. Die Schule war ein Fiasko. Aus allen Internaten geflogen, von zu Hause weggegangen mit achtzehn, eine erste Anstellung bei einer Bank, eine Tätigkeit, zu der mir nur noch das Wort *staffeln* einfällt, denn ebendas war meine Aufgabe. Keine Ahnung, woraus sie bestand, jedenfalls sagt der van Dale, das große einsprachige Wörterbuch der niederländischen Sprache, es gehe um die *Zinsberechnung im Kontokorrent, wobei bei jeder Änderung der Saldo zu ermitteln und davon die Zinsen für die Zeitspanne zu berechnen sind, in der dieser unverändert bleibt*, also wird es wohl das sein, was ich getan habe. Unterdessen las ich Faulkner und Frauenromane in meinem winzigen Dachzimmer. Weiß der Himmel, was ich von Faulkners Englisch verstanden habe. Es war 1952. Zweifellos schrieb ich Gedichte, die ich nie mehr sehen möchte, und sann über Reisen nach. Ich war »in Arbeit«, und das ging nicht schmerzlos ab. Ich verdiente ungefähr 100 Gulden, und meine Pension kostete 75.

Zwei Jahre zuvor, als ich noch nicht von meiner letzten Internatsschule geflogen war, machte ich meine erste Reise ins Ausland: mit dem Fahrrad von Hilversum bis ganz nach Belgien und Luxemburg. Am dritten August 1950 brach ich auf. Siebenundfünfzig Jahre später ist es zähe Lektüre, aber zu erzählen hat mir mein Tagebuch doch etwas. Zunächst einmal, daß ich mit sechzehn und siebzehn noch nicht schreiben konnte. Nirgends ist auch nur ein Hauch von Talent zu erkennen. Sogar noch einige Jahre später, in dem Alter, in dem Rimbaud seine *Illuminations* schrieb, Leopardi Hebräisch lernte, Huizinga Sanskrit studierte und Mozart bereits auf mehrere Sonaten zurückblicken konnte, erzählte ich mir in meinem Tagebuch alles, was ich ohnehin schon wußte, nämlich daß ich um fünf Uhr aufgestanden war und eine blaue Knikkerbocker (die wir früher Kötelfänger nannten) angezogen hatte, dazu ein buntes Oberhemd und Sandalen sowie den weißen Pullover von jemandem, der Enno hieß und dessen Nachnamen ich nicht mehr lesen konnte. Gemeinsam mit diesem schändlicherweise aus meinem Gedächtnis gelöschten Enno (sosehr ich mich auch umschaue, ich sehe niemanden, er ist vollständig ausradiert, ich müßte ihn neu ersinnen) begab ich mich an jenem Tag auf mein erstes großes Abenteuer.

Mein Fahrrad war ein Rufa Birota, aber auch darunter kann ich mir nichts mehr vorstellen. Vorn auf dem Heft steht in einer deutlich späteren Handschrift *Darf nie veröffentlicht werden*, aber zum Glück habe ich es in all den Jahren nicht verbrannt, denn sonst könnte ich jetzt nicht mehr erzählen, was meinem Bericht fehlte. Ich hatte es fertiggebracht, in diesem Tagebuch zu verschweigen, was ich später als die wichtigste Erinnerung an diese Reise empfinden sollte: das Überschreiten zuerst der belgischen und danach der luxemburgischen Grenze. Das einzige, was an die Emotion dieses Augenblicks erinnert, ist der Umstand, daß ich das Wort Grenze mit Großbuchstaben schrieb: GRENZE. Geschritten werde ich dabei wohl nicht sein, doch die Idee der Grenze hat mich lange beschäftigt, schon weil man sie früher, im Gegensatz zu heute, nicht so einfach überwinden konnte. Grenzen, hatte ich mir schon damals überlegt, waren am geheimnisvollsten, wenn sie unsichtbar waren. An Grenzübergängen war ihre Existenz zu offensichtlich, da gab es eine rotweiß gestreifte Schranke, und man mußte an einem Häuschen mit einem Grenzbeamten vorbei. Erst auf einer Wiese oder in einem Wald wurde es geheimnisvoll: Plötzlich gehörte das nächste Stück, das genauso aussah wie der Teil, auf dem man stand, nicht mehr dazu. Man mußte nachweisen können, wer man war, denn dort herrschte ein König, der nicht der eigene war, und auch wenn sie drüben mehr oder weniger dieselbe Sprache sprachen, lasen sie doch andere Zeitungen, in denen es um andere Politiker ging. Irgendwo mitten in der unsichtbaren Luft vor einem verlief die Linie, an der das eigene System aufhörte und auf dieses andere Gefüge von Einstellungen, Gesetzen und Ansichten prallte, das aus der fernen Hauptstadt des anderen Landes auf einen einströmte.

Während jener ersten Reise erlebte ich, wie auch immer, eine erste Konfrontation mit dem anderen, eine Konfrontation, die ich für den Rest meines Lebens unaufhörlich weiter suchen sollte. Auf derselben Reise kam später auch noch die Faszination hinzu, die der Klang einer anderen Sprache ausübte, der ebenfalls unsichtbare Punkt, an dem zwei Sprachsysteme einander berührten, was es, wollte man verstanden werden, nötig machte, seinen Mund anders zu formen, um andere Laute hervorzubringen. Das hatte man zwar möglicherweise in der Schule gelernt, doch aus Theorie war nun Wirklichkeit geworden. Die anderen, die einem begegneten, sprachen nicht wie der eigene Lehrer, ihre Stimmen und ihre Akzente besaßen die Spannung des Echten, wenn man teilhaben wollte, mußte man sich ihnen annähern, eine erste Lektion in Mimikry, die ihrerseits eine Voraussetzung dafür ist, sich unsichtbar zu machen, denn sonst ist Beobachten nicht möglich.

Daß es das war, wonach ich suchte, wußte ich natürlich noch nicht, doch wenn ich mir jetzt dieses Heft von vor fast sechzig Jahren anschaue, entdecke ich den ersten Ansatz eines Reiseberichts. Wir fuhren in einem Rutsch nach Den Bosch, besuchten dort die Kathedrale und übernachteten in Tilburg, der Heimatstadt meiner Eltern. Über die Kathedrale weiter kein Wort, immerhin aber habe ich auf die nächste Seite eine Ansichtskarte vom Chorgestühl im belgischen Diest geklebt. 1491 steht darunter in der Krakelschrift meiner ungeformten Seele – und wie es aussieht, muß ich noch mal nach Diest, denn die geschnitzten Miserikordien, an die sich die Chorherren mit dem Hintern lehnen konnten, sehen auf dieser Karte interessant genug aus. Am vierten August war das. Ich habe die Seiten numeriert (61) und sie auch weiterhin mit Ansichtskarten vollgeklebt. Das Chorgestühl von Diest, das Hoegne-Tal, die Aussicht auf La Gleize vom Trou du Coq. Und da ist es: Auch wenn das Tagebuch nichts darüber sagt, sollte auch das sich nie wieder geben – die Anziehungskraft mancher Namen. Loch des Hahns klingt noch reichlich prosaisch, Das Hahnenloch hört sich schon besser an, doch erst die Umflorung durch das Französische macht es zu etwas Verführerischem, einem Ort, der einen unwiderstehlich lockt – eine Faszination, die sich nie wieder gelegt hat, Samarkand, Balik Papan, Timbuktu, Isfahan, die Welt ist voll von solchen Namen, erdacht von volkstümlicher und lokaler Poesie, Rätsel, vor Jahrhunderten aufgegeben, deren Lösung meist verlorengegangen ist.

Erste Grenzen, erste Namen, erste Hügel, erste Schlösser. Schloß Falkenstein, le Donjon de Vianden, Gorges du Loup, eine Rechnung in Höhe von 50 Francs von Dr.

P. Godart, *médecin-inspecteur* im großherzoglichen Grevenmacher, ein Foto des Schriftstellers als Kind auf einer Wiese mit der Bildunterschrift *momentane Schwäche*, ein Foto von einem Mädchen namens Mia. Sie war unterwegs mit François, der in einem Bergwerk arbeitete und nicht ihr Freund war, so daß ich mich in sie verlieben konnte. Sie war groß und dunkel, das sehe ich auf dem Foto, das ich von ihr gemacht habe. François habe ich ebenfalls fotografiert. Er sitzt auf einer Mauer hoch über einer Landschaft, schaut ernst und in sich gekehrt. Tief unter ihm schwingt sich ein Fluß in die neblige Landschaft hinein, vielleicht hätte ich doch besser Fotograf werden sollen. Hinter Mia, die gerade von ihrem Fahrrad abgestiegen ist, sehe ich in einer Straßenbiegung einen hoch aufgetürmten Heuwagen. Auch dort Hügel in der Ferne, ich war noch nicht daran gewöhnt, daß die Landschaft einfach angehoben werden konnte. Wölbungen, Wollust, Namen, Sprachen, die ersten *anderen*, nichts sagt das Tagebuch darüber. Vielleicht hatte ich noch keine Worte dafür.

Auf dieser ersten Reise muß sie begonnen haben, die Sucht, die mich nie mehr loslassen sollte. Am Ende jenes glänzenden Sommers 1950 wartete wieder die Internatsschule der Augustiner. Übers Schreiben fällt nirgends ein Wort. Ein Besuch der Achelse Kluis (Acheler Klause), eines Trappistenklosters nahe der belgisch-niederländischen Grenze, ist noch verzeichnet. Und obwohl mein früheres Ich es nicht erlaubt, schreibe ich ab, was ich damals geschrieben habe:

»Next day to ... Achel
Ungeheurer Kontrast.
Chorgebet – Lagerfeuer.

Jugendherberge – Kloster.
Mädchen – Mönche.
Es war gut dort. Essen prima.
Morgens um 3 Uhr auf!«

Kontemplative Klöster kennen die Regel der Gastfreundschaft. Das hatte ich mir gemerkt, denn von dort fuhr ich weiter zum Benediktinerkloster in Oosterhout. Ein Foto davon findet sich in meinem Tagebuch. Ein hohes Backsteingewölbe, ein paar schlichte Tische, Bänke ohne Lehnen, auf denen die Mönche sitzen mußten. Leere Teller, Wasserkannen. Weiter hinten der Tisch für die Gäste. Dort muß ich gesessen haben, denn es steht ein Kreuzchen dabei und ein Datum: 30. 8. 1950. Das Tagebuch erzählt mir, was ich nicht mehr weiß: »So ähnlich wie in der Achelse Kluis war es auch in Oosterhout. Bei Dom Boer O.S.B. zu Besuch. Gästepater war Dom George Baron van Sloet tot Everloo, bei dem ich ministrierte. Ich besuchte das Grab von Dom Pieter van der Meer de Walcheren, dem Sohn von Pieter van der Meer de Walcheren, der in *Mensen en God* (Menschen und Gott) über dieses Grab schreibt. Im ursprünglichen Habit zu ministrieren war ein Riesenspaß, ebenso der Spaziergang in dito! Auch da mußte ich schließlich weg, denn es war schon der 1. September, und 6 Tage später fing die Schule an. Ich fuhr noch über Gorcum; 1000 Kilometer war ich geradelt … ich war kaputt und ließ mich von einem großen Lastwagen mitnehmen. Zu Hause – nach einem Monat.«

Eine Woche danach fing die Internatsschule an. Auch den dortigen Tagesablauf habe ich noch sorgfältig notiert. »5.45 Aufstehen. 6.15 Messe. 7.00 Studium. 7.50 Frühstück.

8.15 Frei. 8.30 Unterricht. 12.10 Essen. 12.30 Frei. 13.30 Studium. 14.20 Unterricht. 16.00 Refektorium (Essen). 16.15 Frei. 17.00 Kapelle. 17.30 Studium. 19.15 Refektorium. 19.40 Frei. 21.00 Bett.«

Zwei Jahre später landete ich in der wirklichen Welt. Um mich herum gab es zuviel Freiheit, und ich war vom Internat geflogen. Was mich in der Wirklichkeit erwartete, war ein Zimmer in einer Pension, Arbeit bei einer Bank, ein Abendgymnasium, das ich nie abschließen sollte. Hermans und Reve hatten ihre ersten Bücher bereits geschrieben, aber ich hatte noch nie von ihnen gehört. Die Anstellung bei der Bank war das einzige feste Arbeitsverhältnis, das ich in meinem Leben hatte. An ein Universitätsstudium war nicht zu denken, und zum Militär brauchte ich nicht, da ich weniger als 50 Kilo wog. Das einzige, was ich wollte, war, wieder zu reisen. Die Gelegenheit bot sich 1952.

II. Wer war Arthur Edell?

1952 ist das Jahr, in dem ich neunzehn werde. Der nächste Band meines Tagebuchs. Die Buchstaben sind bereits spitzer, und es ist Zeit für Erklärungen. Ich bin noch achtzehn, als ich schreibe: »Zigeuner sind wir hier, Pilger auf dem Weg in ein fernes Land. So will ich mich fühlen.« Ich hatte einen Film mit Pier Angeli gesehen, *Domani è troppo tardi*, und hatte mich in sie verliebt. Ich schrieb ihr einen Brief und erhielt eine Antwort. Zwanzig Jahre später beging sie Selbstmord. Plötzlicher Ruhm, Drogen, Elend. Das Foto und der Brief, die ich aus Hollywood erhielt, kamen natürlich von einer Agentur, aber so sah ich das

A N G E L i

nicht. Ich hatte eine Botschaft in eine unerreichbare Welt geschickt, und eine Botschaft war zurückgekommen. Das war genug. Mein Entschluß stand fest: »Diesen Sommer werde ich bei der Bank kündigen, bei der ich es, weiß der Himmel wie, dann fast ein Jahr ausgehalten haben werde. Und ich werde das Geld abheben, das ich besitze, und in das Land fahren, das Pier Angeli hervorgebracht hat. Was für eine wunderbare Sprache ist Italienisch. Ich werde es lernen, es ist mir ernst.«

Aus Italienisch sollte Spanisch werden, »das Geld, das ich besitze« reichte offenbar nicht aus, um mich damit bis nach Italien durchzuschlagen, dieses Vorhaben mußte noch bis zum darauffolgenden Frühjahr warten. Doch Vorsätze gab es bereits: »Ich werde ein Vagabund auf Gottes Wegen sein, ein Mensch ohne Sorgen (...). Darf ich fortziehen aus dem Bann dieses so unendlich düsteren Landes. (...) Es wird ein wunderbares Blaubuch werden, das daraus hervorgeht. O Sonne, die mich brennen wird! Ich radle bis Luxemburg, von dort per Anhalter etc. durch Ost-France. Metz, Nancy, Besançon, Lausanne et alors à l'Italie, et peut-être en étant économique ... à la Grèce.« Mein Französisch war noch nicht das Gelbe vom Ei und meinen Träumen und Sehnsüchten in keiner Weise gewachsen. Daß ich imstande war, mich selbst auf den Boden der Tatsachen herunterzuholen, zeigt sich an den unmittelbar folgenden Sätzen: »Pläne, Pläne. Gespannt, was davon Wirklichkeit wird. Aber jetzt muß ich Mathe lernen – verhaßte, verabscheute Scheißmathe. Bah!« Das sollte ich später richtig bereuen, eine Reue, die bis zum heutigen Tag andauert.

Aus der Italienreise wurde eine nach Paris. Im Tagebuch

umfaßt sie nur ein paar Seiten. Sie sind ausgeschmückt mit einem Bild des Autors als eigentlich noch Kind, umkränzt von Metro-Fahrscheinen (Porte d'Orléans, Pigalle) und Eintrittskarten im Wert von 50 Francs für *musées, collections ou monuments appartenant à l'état*. Das Gesicht des Jungen auf dem Foto ist mir fast so fremd wie seine Worte. »Seelenwanderung findet nicht nach, sondern während des Lebens statt«, sollte ich fast fünfzig Jahre später dazu schreiben. Ich kann lediglich erkennen, daß der Träumer auf diesem Foto noch nicht in den Niederlanden von Reve und Hermans heimisch war. Er mußte erst *Philip und die anderen* schreiben, obwohl er das noch nicht wußte.

Ein Jahr später würde ich die ersten Gedichtbände von Lodeizen, Lucebert, Campert und Claus gekauft haben, doch zuvor mußte ich Arthur Edell begegnen. Am 24. September erstatte ich Bericht von meiner zweiten richtigen Reise. Er beginnt mit der Erklärung, daß ich in Kürze nach Montreal fahren würde. Daraus ist nie etwas geworden. Eigentlich müßte man auch einen negativen Atlas besitzen, mit Landkarten, auf denen die Reisen verzeichnet sind, die man nie gemacht hat. Das andere Vorhaben dagegen wurde Wirklichkeit und sollte seine Spuren bis in *Rituale* hinein hinterlassen: »Meine unvergeßliche erste Reise nach Paris – mit Arthur Edell per Anhalter von Bruxelles aus.« Bruxelles, nicht einfach Brüssel. Die Affektiertheit gehörte zu dem Spazierstock, der ebenfalls schon in den Kulissen bereitlag. Wer aber war Arthur Edell? Wieder dasselbe wie bei dem geheimnisvollen Enno, ich schließe die Augen und sehe – nichts. Wahrscheinlich eine Sache des Recyclings. In diesem Stadium meines Lebens, in dem die Eindrücke von außen rasend schnell aufeinanderfolgten, mußte ich wohl die Menschen, die irgendwie, und sei es auch noch so verzerrt, in eine Erzählung oder ein Buch Eingang gefunden hatten, danach ihrer tatsächlichen Identität berauben. Sie behielten ihren Namen, und dieser Name wurde zum Rätsel. Den Rest lasse ich mein jugendliches Ich schreiben.

»Am 1. Juni war Pfingsten. Am 3. Juni fuhr ich mit dem Zug nach Brüssel, da kam ich am Nachmittag an. Ich habe furchtbar viele Busse und Straßenbahnen herausgesucht und benutzt, um zur Avenue Hammorre 14 A in Uccle zu kommen; es kostete mich jede Menge Francs, Energie und Zeit – es dauerte mindestens eine Stunde – und niemand wußte etwas – und letztendlich war Marijke nicht mal in Brüssel. Mit Mlle. Haps? von der ich eine Straßenbahnkarte bekam, reiste ich viel schneller zurück nach B., da suchte ich die Jugendherberge. Ich aß mit einem Amerikaner, dessen Namen ich vergessen habe, und mit einem Neffen des berühmten norwegischen Schriftstellers Gulbranssen – der hieß Tove. Abends gingen wir in die Stadt. Ich hatte vor, in Bruxelles zu bleiben, aber als ich Arthur Edell aus N.Y. traf, schloß ich mich ihm an. Er hatte einen riesigen Gepäcksack und noch eine Kiste mit Dosen, die ich dann eben getragen habe. Die ganze Fahrt per Anhalter zu beschreiben ist unmöglich. Irgendwann fuhren wir mit einem Herrn Robert Mine aus Tournai. Der eröffnete uns, daß dort eine Kirche mit fünf Türmen steht, was Arthurs U.S.A. *curiosity* erregte – er ruhte nicht eher, als bis er die Kirche *mitsamt* allen 5 Türmen fotografiert hatte und von innen auch. Es war eine großartige Kirche – ich erinnere mich an eine unheimliche Menge von Gräbern von Kanonikern – *chanoines* –, die wie Honigwaben in die Wand gemauert waren. Über all dem wurde es furchtbar spät. Schließlich kamen wir über die Grenze bis nach Lille. Mitten in Lille wurden wir abgesetzt. In Städten mitgenommen zu werden ist unmöglich, so daß wir also all unser Gepäck durch die ganze Stadt (Lille!) schleppen mußten – es wurde immer später. Herr Mine hatte uns schon Bier spendiert – schlimmer wurde es, als ein französischer Kommunist das gleiche tat. Er hatte ein Scheißding von Lastwagen und hielt ein lautes Plädoyer so im Stil von: *les Russes – amis, les Américains – amis, Hollandais – amis, tous – amis* etc. Edell, der nur *les Américains* verstand, dachte, der Mann hätte auch was gegen die Amerikaner, gerade weil es in Paris Streiks wegen General Ridgway gab (›Ridgway, go home, assassin‹). Sicherheitshalber hatte er wenigstens seinen amerikanischen Wimpel abgenommen! Dieser Kommunist führte uns in eine Kneipe, spendierte uns noch ein Bier und zeigte uns eine Frau, von der man spitz werden konnte. Später sagte Edell: Als die sich vorgebeugt hat, konntest du da sehen, ob alles echt war? Sie war wirklich *exciting* – und dazu auch noch verheiratet – so ein Mann!

Natürlich schafften wir es nicht bis Paris. Abends landeten wir in Bapaume, in einem Café des Routiers. Den ganzen Abend haben wir da rumgehangen, *vin ordinaire rouge*, aber keiner der Lkw-Fahrer wollte uns mitnehmen – die ganze Nacht über bis eins kamen sie rein – große, dicke Kerle in blauen Arbeitsanzügen. Sie nahmen kaum Notiz von uns – riefen nach Thérèse – nach Pernod, nach Cognac – drehten sich Zigaretten – schwarze – würfelten und gingen. Ihre schwere Arbeit – mitten in der Nacht diese ungeheuren Kisten mit Anhänger – unterwegs nach Portugal, Marseille oder sonstwo. Um ein Uhr mußten wir los. Wir schleppten unser Gepäck durch das nächtliche Bapaume. Es war kalt. Wir haben uns auf einer Parkbank schlafen gelegt – um halb vier wurde ich wach und er auch, steif und kalt. Da sind wir halt aufgestanden und eine Viertelstunde gelaufen. Wir waren gerade außerhalb des Dorfs, die Sonne ging ein klitzekleines bißchen auf – da kriegten wir unsere erste Mitfahrgelegenheit, 4 Uhr. Sie brachte uns nach Paris – 170 km – da waren wir morgens um halb neun und um 10 Uhr in der Jugendherberge. Edell macht im Bus noch eine richtige Szene, weil er – genausowenig wie ich – das System mit den Fahrscheinen begriffen hat – aber wie ich Paris habe daliegen sehen – aus der hohen Fahrerkabine dieses Lastwagens, aus der Ferne, als Silhouette, noch immer habe ich Heimweh danach, und das werde ich immer haben – ich fühle mich dort zu Hause und würde gern da wohnen. Es waren herrliche Tage, die ich dort verbracht habe. Ich lernte Patricia Beck kennen, 6 Oxford Terrace, Tackleway – Hastings, England. Außerdem Siegfried Widmann, Stuttgart, Korntal, Hindenburgstraße 43. Es war ein verheiratetes Paar, sie war ein entzükkendes Ding – ich dachte, sie ist achtzehn oder so – aber sie war achtundzwanzig und Mutter – eine ungeheuer nette Person – von der ich viel über die deutsche Polizei gelernt habe. Ich werde ihnen heute abend einen Brief schreiben.«

Hier endet mein Tagebuch von 1952. Habe ich an jenem Abend einen Brief geschrieben? Haben sie ihn aufgehoben? Leben sie noch? Ihre Gesichter sind zerrieben an der Zeitmauer, ich sehe keinen von ihnen allen mehr vor mir.

War mein Gedächtnis zu voll geworden? Irgendwo auf der Welt lebt vielleicht noch ein Arthur Edell oder eine Patricia Beck, genauso wie Herr Mine und der namenlos gebliebene Kommunist auf die Achtzig zugehend. Was machen wir mit den Menschen, denen wir begegnet sind? Sind sie es, die wir manchmal in unseren Träumen sehen? Gesichter, von denen der Name sich abgewetzt hat? Haben sich Spuren von ihnen erhalten? Winzige Partikel, die an meinen Büchern mitschreiben? Verborgene Assoziationen, die mitschwingen, wenn ich an Kommunisten, Gepäck, Amerikaner, nächtliche Straßen, Lastwagenfahrer, Parkbänke, Frauen, Franzosen oder deutsche Polizei denke? Wo bleibt das alles?

III. Sì, Eminenza!

Die Italienreise muß im Frühjahr danach stattgefunden haben. Kein Tagebuch, keine Gewißheit. Das Gedächtnis wirft mir nur Fetzen zu. Viel Licht und Gefunkel, dies war der erste richtige Süden. Ein Bild von einer schmalen Straße oberhalb der Küste. Alles ist dramatisch, Oper, hierauf hatte nichts mich vorbereitet. Düfte entlang der Straße, Thymian, Rosmarin. Die Sprache, die ich nur aus Filmen kannte. Diesmal war ich allein und suchte einen Schlafplatz. Tief unten eine Bucht, kleine Lichter, aber unerreichbar. Irgendwo sehe ich eine offene Scheune. Ich gehe vorsichtig darauf zu, niemand zu sehen, kein Haus in der Nähe. Diese Straße ist verlassen, es fahren keine Autos vorbei. Im nicht mehr dingfest zu machenden Damals bin ich offenbar von der Hauptstraße abgekommen. Müde und hungrig, das weiß ich noch. In der Scheune steht ein Boot auf einem Untersatz mit Rädern. Ich lege den Rucksack ab, krieche in den engen Freiraum hinter dem Bug und versuche zu schlafen. Nicht lange. Kurz darauf höre ich das Geräusch eines Motorrollers, Stimmen. Ein Mann und eine Frau. Beide sind erregt. Sie flüstert und wehrt ab, er spricht rauh und drängt. Den Motor hat er abgestellt, es wird kurzzeitig sehr still. Atmen, Seufzen. Auch er flüstert jetzt, eindringlich. Einen Moment lang geht ein Lichtschein durch die Scheune, ich liege mucksmäuschenstill und höre, wie sie ins Boot klettern, das sich kurz darauf sanft auf dem Trailer zu bewegen beginnt. Ich bin fasziniert und ängstlich, es ist zu spät, mich noch bemerkbar zu machen, ein Messer ist das mindeste, was ich erwarte. Ich halte den Atem an, während der Sturm da oben anschwillt, Gemurmel, Geflüster, geheimnisvolles Gewimmer, ein Triumphschrei, leises Weinen, das Geräusch von Textilien, die wieder in Ordnung gebracht werden. Sie klettern aus dem Boot, ich sehe ihre Füße herabsinken. Gesprochen wird nicht mehr. Der Motorroller startet und fährt weg, ich höre das Geräusch in der Ferne verklingen und setze mich auf. Kurz darauf gehe ich wieder die dunkle Straße entlang. Dann und wann kommt ein Auto vorbei, ich werde kurz von gelben Scheinwerfern angestrahlt, aber niemand nimmt mich mit. Die Straße führt abwärts, gegen Morgen treiben graue Nebelschwaden ins Tal, eine Stunde später sehe ich die Lichter der ersten Kneipe, in der ein paar mürrische Männer mit einem Glas Wein an der Theke hängen. Sie rauchen Nazionali. Ich übe mein Italienisch und sage vorsichtig, ich hätte sehr großen Hunger: *sono molto famoso*. Das nun aber bedeutet etwas ganz anderes. Jeder will sehen, wer dieses berühmte Kerlchen mit seinem armseligen Rucksack wohl ist. Als sich der Irrtum aufgeklärt hat und sie Tränen gelacht haben, bekomme ich dicke Brotscheiben mit einem großen Stück roter Wurst.

Von Rom damals sind mir noch ein paar Bilder geblieben. Die fransige Vogelgestalt Pius' XII. auf der *sedia gestatoria*, dem Tragesessel, den seine Nachfolger abgeschafft haben. Die ersten italienischen Schuhe, die ich im Ausverkauf erstand, irgendwas aus schwarzem Wildleder, das beim ersten Regen zu schimmeln begann. Die schönen Menschen auf den Straßen. Ein Mädchen, mit der ich mir in einem kleinen Kino in der Nähe der Via della Croce *Henry VIII.* ansah. Burl Ives war der König, dick und hitzig, die Synchronstimme war zu leicht für seinen gewaltigen Körper, unter dem all diese Königinnen seufzen mußten. Als der Film zu Ende war, wollte sie ihn noch einmal sehen und danach noch einmal. Dagegen kam ich nicht an, ich ließ sie im zwischenzeitlich leeren Kino allein mit King Henry, der zum dritten Mal mit seinen fünf Frauen beginnen mußte, und ging untröstlich hinaus auf die Straße. Vergessen habe ich sie nie, denn wann immer ich in Rom bin, halte ich in der Nähe der Via della Croce Ausschau nach dieser Sechzehnjährigen. Die alten Damen meines Alters, die mich dabei merkwürdig ansehen, haben keine Ähnlichkeit mit ihr.

Einen neuen Freund hatte ich auch gefunden. Er hieß Franco und hatte sich meiner angenommen. Wir hatten uns am Rand eines Springbrunnens kennengelernt, und ich mußte hungrig ausgesehen haben. Inzwischen kannte ich den Unterschied zwischen *fame*, Hunger, und *fama*, Ruhm, den Fehler machte ich also nicht mehr. Franco arbeitete im Finanzministerium und sagte, ich solle mit ihm in die *cantina* mitkommen und einfach wiederholen, was er sage, *pasta con fagioli*, *bistecca con patate*, ganz einfach. Die *cantina* war ein riesiger Keller, nicht direkt schummrig, aber auch nicht hell. Darin saßen ein paar hundert Beamte, und solange ich den Mund hielt, fiel ich nicht auf. Ich aß, was er aß, und war vorübergehend ein junger italienischer Beamter, doch inzwischen hatte ich mir eine andere Möglichkeit überlegt, zu Geld zu kommen. Ein Mönch aus dem Kloster in Eindhoven, dessen Internatsschule ich besucht hatte, war *sagrista* des Papstes geworden. Er hieß Monseigneur van Lierde, das wußte ich. Ein *sagrista* ist im Grunde ein Küster, allerdings ein sehr hoher, man muß mindestens Bischof dafür sein: *Sagrista, Sagrestano, del Papa, prelato domestico que regola le funzioni liturgiche del Papa.* Wie ich das geschafft habe, weiß ich nicht mehr, jedenfalls durfte ich irgendwann bei ihm im Vatikan vorsprechen. Man muß sich bei der Schweizergarde melden, Männern in einer noch von Michelangelo entworfenen Uniform, ich erinnere mich an ein grellblaues und gelbes Theaterkostüm und vor allem an einen hohen Helm mit Rändern und an eine Hellebarde, die ebenfalls aus einem Museum zu kommen schienen. Der Mann, der mich zum Bischof bringen sollte, war, vor allem im Vergleich zu mir, ein Riese. Wir gingen durch endlose breite Gänge, flankiert von den Marmorbüsten römischer Kaiser, Dichter und Philosophen. Aber stimmt das? Ich bin nie wieder dort gewesen, was ich *sehe*, ist die Endlosigkeit dieser Gänge und die strenge Phalanx römischer

Köpfe. Schließlich standen wir vor einer schmalen, dunklen Tür.

Mein Begleiter ließ mich, ohne anzuklopfen, ins Antichambre ein, so daß ich gleich schon mal wußte, wie so etwas aussieht. Es ist der Raum vor – aber genausogut kann man sagen: an – dem Raum, der hinter der nächsten Tür liegt. Eine kleine Bank aus rotem Plüsch, zweifellos ein Kruzifix oder eine Heiligendarstellung, sonst nichts. Hinter der Tür hörte ich eine Stimme. Der Vatikan ist ein Hof mit einem absoluten Monarchen an der Spitze. Was er darüber hinaus noch alles ist, wissen wir, doch in diesem Moment war es das, was mir am stärksten bewußt wurde. Ich befand mich an einem Hof, und ich hörte einen Höfling. An Höfen herrscht Hierarchie, und dieser Höfling sprach zu einem Höherstehenden, das hörte ich am Ton und am Titel, den er in einem fort verwendete, *Eminenza*. So spricht man einen Kardinal an. *Ma sì, Eminenza. Naturalmente, Eminenza. Senza dubbio*. Letzteres hatte ich von Franco gelernt, aber darüber hinaus verstand ich nichts von dem Gespräch. Wieder wurde meiner Kenntnis von der Welt etwas hinzugefügt, später, als ich meine Reiseerzählungen schrieb, sollte ich bei höheren und weniger hohen Machthabern noch des öfteren antichambrieren müssen. Die Wartezeit ist dann ein Gradmesser für deinen Platz in der Welt. Hier hatte ich noch keinen, denn das Gespräch dauerte ewig, bis es auf einmal zu Ende war und eine violette Gestalt hereingesegelt kam, den rechten Arm bereits auf eine Weise schräg nach unten ausgestreckt, daß mir klar war, ich mußte mich hinknien, um den großen Edelstein auf dem Bischofsring zu küssen. Knien konnte ich wie kein zweiter, der Kniefall ist zusammen mit dem

Wiener Handkuß, der russischen Akkolade und dem englischen Knicks eine jener aussterbenden Gepflogenheiten, die einem das Gefühl geben können, einen Moment lang einem Film aus vergangenen Zeiten anzugehören. Der Geistliche war freundlich, zeigte sich willens, sich an die Internatsschule seiner Ordensbrüder zu erinnern, zog am Ende des Gesprächs unter all dem Violett eine Brieftasche hervor und entnahm ihr einen 1000-Lire-Schein, in altem Geld vielleicht zehn Gulden, womit man auch 1953 nicht sehr, aber immerhin doch ein kleines Stück weit kam. Aber die Vorteile, die mir aus dieser schwachen Imitation des *old-boys-network* erwuchsen, reichten noch weiter, ich erhielt ein Empfehlungsschreiben für ein Kloster, das mir für ein paar Tage Obdach gewährte. Nicht lange danach war meine Reise zu Ende. Ich hatte den Süden kennengelernt, wußte aber noch nicht, daß mein Land nicht das beschwingte, leichte Italien der Opera buffa werden sollte, sondern das harte, viel unzugänglichere Spanien Francos, das wie eine geschlossene Bastion hinter den Pyrenäen lag. Den anderen Franco, der seine Pasta mit mir geteilt hatte, sollte ich gut vierzig Jahre später in Mailand wieder treffen. Er war zu einer Buchpräsentation gekommen (»so einen merkwürdigen Namen vergißt man nie mehr«) und saß in der ersten Reihe – über den gewaltigen Stapel von Jahren hinweg erkannte ich ihn sofort. Eine Umarmung gab das! Auch er hatte seit dem Keller des Ministeriums einen langen Weg zurückgelegt, war zum Chef des italienischen Zolls aufgestiegen. Manchmal wünscht man sich, man könnte sie alle wiedersehen, die zufälligen und weniger zufälligen Bekanntschaften, die vergessenen und die in Erinnerung gebliebenen Gesichter.

Nicole, Arthur, Franco, François, Mia, die zufälligen Begegnungen von jenen ersten Reisen, sie wurden mit der Zeit verformt und verzeichnet von der Phantasie, was mir damals noch nicht bewußt war, weil ich noch nicht gelernt hatte, daß ich, wie die Serena, mit der diese Geschichte beginnt, mir eine Vergangenheit würde ersinnen müssen, um eine zu haben. Erst die nächste Reise, in den Norden, auf der ich das Mädchen traf, der ich mein erstes Buch gewidmet habe, sollte zusammen mit einer weiteren, die ich mit Philip Mechanicus in die Provence machte, die Inspirationsquelle für *Philip und die anderen* werden. Und Spanien, das danach kam, ist, wie meine erste Schiffsreise in die Tropen, noch eine andere Geschichte.

Allein oder mit anderen

So lautete einst, in einer unwiderruflich entschwundenen Vergangenheit, die entscheidende Frage. Der Ort, an dem sie gestellt wurde, war der Beichtstuhl, und es ging um die Sünde der Unkeuschheit. Die konnte man auf dreierlei Weise begehen: in Gedanken, Wort oder Tat. Zum Denken brauchte man niemanden sonst, die Antwort »Tat« aber zog eine weitere Frage nach sich: allein oder mit anderen?

Der Kopf hinter dem Gitter wollte das wissen, weil das Strafmaß davon abhing – mit anderen war nun mal schlimmer als allein. Merkwürdig, daß mir das gerade jetzt einfällt, während ich versuche, übers Reisen nachzudenken, aber vielleicht auch logisch. Schließlich hat man auch beim Reisen diese beiden Möglichkeiten: allein oder mit anderen.

Ich schreibe über meine Reisen fast immer in der Ich-Form. Das hat einen zweifachen Grund. Zum einen habe ich viele von ihnen allein unternommen, und zum anderen finde ich die Wir-Form beim Schreiben stilistisch störend, schon weil man nie genau weiß, wer nun eigentlich spricht. Aber es ist nicht nur das. Selbst wenn einen jemand begleitet – zum Beispiel ein Fotograf –, schaut und denkt man doch immer selbst, genauso wie der Fotograf mit *seinen* Augen durchs Objektiv blickt. Am einsamen Reisenden ist nichts Heroisches oder Romantisches, doch das damit einhergehende Gefühl kennt jeder, der viel allein unterwegs war; das leere Hotelzimmer, in dem keine andere Stimme ertönt, die Erfahrung, die mit niemandem geteilt werden kann, das Problem, vor dem man ganz allein steht, die Ungeselligkeit, die einem den Blick schärft, der Mangel an Ablenkung, der einen angeblich in die Lage versetzt, sich besser zu konzentrieren. Aber stimmt das alles? Sind die Texte, die ich schrieb, wenn ich allein reiste, besser als die Berichte von einer gemeinsamen Reise?

Ich glaube nicht. Auch auf einer Reise mit einem Freund bleibt das Aufzeichnungsgerät dein eigenes. Oft geht man tagsüber ohnehin getrennte Wege, und auch abends im Hotelzimmer ist man meist allein, konfrontiert mit den Erfahrungen des zu Ende gegangenen Tages.

Ich habe für manche Dinge ein furchtbar schlechtes Gedächtnis – das hatten wir schon. Anders läßt es sich auch nicht erklären, daß ich die erste Reise, die ich in Begleitung eines Freundes machte, so restlos aus meinem Gedächtnis löschte, daß nichts davon übrigblieb als sein Name, den ich später für einen Buchtitel verwendete, woran er mich unsanft (und zu Recht) erinnert hat. Aber ich will beim Anfang beginnen. Eine meiner ersten Reisen führte mich per Anhalter in den hohen Norden. Ich war noch recht unerfahren und allein unterwegs, bis ich in Dänemark einem französischen Mädchen begegnete. Sie wurde, unverkennbar verändert, eine der Hauptfiguren des Buches *Philip und die anderen*, das ich ein Jahr später, 1954, schreiben sollte. Alles, was ich sonst noch an Erfahrungen aus dem Norden mitgebracht hatte, landete, völlig umfabuliert, in diesem Buch.

Auf eine Weise, die ich jetzt nicht mehr nachvollziehen kann, verschmolz ich die Nordlandreise dann noch mit einer weiteren, jener in die Provence. Auch das war eine Reise per Anhalter, und ich machte sie mit dem Jungen, der später der Fotograf Philip Mechanicus werden und seinen Vornamen dem Helden meines Romans leihen sollte. Wenn ich mich recht erinnere – aber ich erinnere mich bei diesen Dingen fast nie recht –, begegneten wir einander in der Jugendherberge bei der Porte d'Orléans in Paris. Er hat das Gedächtnis, nicht ich, und das hat eigenartige Folgen, allein schon weil er mir allerlei erotische Gaben und Leistungen zuschreibt, von denen ich mir im nachhinein inbrünstig wünsche, ich hätte sie besessen. Mein Verdacht, daß dem wohl nicht so war, rührt daher, daß er auch behauptet, ich hätte ganze Bach-Suiten astrein pfeifen können, und das, weiß ich genau, stimmt nicht.

Wie dem auch sei, in diesem Roman reiste die Hauptfigur Philip allein, hatte eigenartige Begegnungen, suchte und fand ein chinesisches Mädchen, um sie danach doch wieder zu verlieren. Und wie das so geht mit der Fiktion und der Realität, im Roman des erfundenen Philip passierte nicht eines all jener Dinge, die in Wirklichkeit passiert waren und an die der echte Philip sich erinnert. In dessen Geschichte bin ich ein ziemlich obsessiver Anhalter, der genau weiß, wo man stehen muß oder aber nicht stehen darf, um die Chancen, mitgenommen zu werden, zu erhöhen. Aus Geldmangel, der im Roman keine Rolle spielt, hatten wir auch allerlei Probleme, wie zum Beispiel das Schlafen zu zweit in *einem* Schlafsack, in den wir im Liegen nicht hineinkamen, so daß wir uns erst Rücken an Rücken hineinstellen und den Reißverschluß schließen mußten, bevor wir uns gemeinsam zu Boden fallen ließen. Daß wir von gebratenen Zwiebeln und Makrelendosen lebten und im Stroh oder direkt an der Straße schliefen, will ich ja noch glauben, allein schon weil ich es miterlebt haben möchte.

Wer einen Roman schreibt, muß alles mögliche vergessen. Von der Realität muß viel gestrichen werden, um für die Phantasie Platz zu schaffen. Für andere ist das manchmal schwierig. Meine schreckliche Vergeßlichkeit, um es mal so zu nennen, kam Jahre später ans Licht. In den fünfzig Jahren, die auf diese abenteuerliche Reise mit Philip folgten, begegneten wir uns regelmäßig. Er wurde ein bekannter Fotograf, schrieb phantastische kleine Artikel über Essen in *De Groene*, fotografierte mich dann und wann im Rahmen irgendeines Auftrags, spielte Billard im Künstlerclub De Kring, irgendwann führten wir sogar eine Zeitlang einen etwas snobistischen kulinarischen Briefwechsel für ein mittlerweile untergegangenes Blatt, später sah ich seine großartigen Porträts in den Auktionskatalogen von Sotheby's oder Christie's, und während dieser ganzen Zeit ging er völlig legitimerweise davon aus, daß ich mich noch an unsere erste Reise erinnerte, die uns vor langer Zeit in die Provence geführt hatte. Aber nein, denn vor ein paar Jahren aß er bei mir zu Abend, und zu seiner Erschütterung – und meiner ewigen Scham – fragte ich mitten während des Essens: »Sag mal, Philip, woher kennen wir uns eigentlich?« Seine Antwort ließ nichts an Deutlichkeit zu wünschen übrig und trieb mir die Schamesröte in die Wangen. »Vielleicht weißt du noch, daß du mal einen Roman geschrieben hast, der *Philip und die anderen* heißt?« fragte er. Ziemlich viel Wein und Marc de Champagne waren an diesem Abend nötig, um meinen Fauxpas auch nur ansatzweise wiedergutzumachen. Danach schrieb er für die *Haagse Post* einen Bericht, in dem ich Der Junge hieß und er die ganze Geschichte zu meiner Schande noch einmal ausführlich schilderte.

Es gibt Dinge, die man vergißt, und Dinge, die man einfach nicht weiß, und das bringt mich auf einen anderen Reisegefährten, den Philosophen Rüdiger Safranski. Mit ihm machte ich Anfang 2005 eine Schiffsreise von Valparaíso durch die Magellanstraße, um Kap Hoorn, durch den Beagle-Kanal nach Montevideo und Buenos Aires. Auch unsere erste Begegnung, vor mittlerweile achtzehn Jahren, hing mit *Philip und die anderen* zusammen. Ich hatte eine Lesung in einer Berliner Buchhandlung. Das war 1987, *Rituale* war zwei Jahre zuvor erschienen, es war eine meiner ersten Lesungen auf deutsch, und ich war reichlich nervös. Aber es lief gut, das nicht allzu große Geschäft war ziemlich voll, die Leute waren freundlich, und zum Schluß sagte die Buchhändlerin: »Das war sehr schön, suchen Sie sich ein Buch aus.«

Ja, such dir mal ein Buch aus unter zehntausend Büchern, während die Leute noch dasitzen und plaudern. Ich sah mich mehr oder weniger hilflos um und entdeckte oben auf einem Stapel ein ziemlich dickes Buch, aufrecht stehend. Schopenhauer, das konnte ich aus der Ferne gerade noch erkennen. Das wolle ich gern haben, sagte ich, und die Buchhändlerin begann zu lachen, weshalb ich dachte, ich hätte natürlich wieder das teuerste Buch ausgesucht, aber dem war nicht so. »Nein, nein«, sagte sie, »ich lache nur, weil der Autor heute abend auch hier ist.« Mir schoß kurz durch den Kopf, daß das dann jedenfalls nicht Schopenhauer selbst sein könne, aber so ausgedrückt stimmt es nicht. Der Gedankenblitz hatte eine Sekunde lang Schopenhauers Schemen selbst beschworen, während ich gleichzeitig wußte, daß das natürlich völlig unmöglich war.

»Aber dann ist der Autor vielleicht bereit, das Buch für mich zu signieren«, fragte ich. Das war er, aber nur unter der Bedingung, daß ich dann das Buch signierte, das er bei sich hatte, und das war die deutsche Erstausgabe von *Philip*, 1958 erschienen, das heißt, zu diesem Zeitpunkt vor dreißig Jahren, und sofort danach spurlos verschwunden. Keinerlei Resonanz, keine Kritik, soviel ich wußte, kein Geld. Was ich in jenen Tagen möglicherweise gehofft oder erwartet hatte, war nicht eingetreten. Nur *Vrij Nederland* war es gelungen, irgendwo eine schlechte Kritik aufzutreiben und sie natürlich abzudrucken, so daß das Debakel komplett war. Und jetzt stand auf einmal ein Unbekannter vor mir, der auch noch ein Buch über Schopenhauer geschrieben hatte, und hielt mir ein Buch hin, das ich dreißig Jahre lang nicht mehr gesehen hatte.

»Wie kommen Sie zu diesem Buch?« fragte ich ihn, und er sagte: »Das war bei uns auf der Schule der Geheimtip.« Ich sehe den Augenblick noch vor mir. Der Trubel der plaudernden Menge, der Mann vor mir, der also mal irgendwo in Deutschland eine Schule besucht hatte, wo dieses Buch der Geheimtip gewesen war. Und damit nicht genug. Er erzählte auch noch, daß er es seit seinem siebzehnten Lebensjahr immer wieder gelesen habe, Jahr für Jahr. Bücher führen ein verborgenes Leben. Sie stellen sich tot, wenn ihnen danach ist. Sie sind weg, und man sieht sie nie wieder, oder sie tauchen Jahre später wieder aus der Versenkung auf, ohne sich darum zu kümmern, ob man dann noch da ist oder schon lange nicht mehr. Doch wenn

ich verblüfft war, so war er es doppelt, denn da mein Name nie mehr irgendwo gefallen war, hatte er angenommen, ich sei inzwischen gestorben. Dem war offenkundig nicht so, an diesem Nachmittag hatte seine Frau gesagt: »Dieser Nooteboom, von dem du manchmal sprichst, der gibt heute abend eine Lesung. Der ist überhaupt nicht tot.« Und jetzt standen wir uns also Auge in Auge gegenüber. Nicht lange danach erhielt ich eine Einladung, für ein Jahr nach Berlin zu kommen, und aus dieser ersten Begegnung in der Buchhandlung ist eine der engsten Freundschaften meines Lebens geworden, die sogar Windstärke 10 vor Kap Hoorn standhält. Allerdings nicht widerstandslos, denn erst mußte noch ein anderes Kap bezwungen werden. Seine Bewunderung für das Buch war ungebrochen. Nun ist es nicht so, daß man seine eigenen Bücher bewundert. Man schreibt sie, danach bleiben sie eine Zeitlang bei einem, man muß in Interviews über sie sprechen, man liest aus ihnen vor, sie werden übersetzt, aber dann, ganz allmählich, verschwinden sie doch, verlassen einen, gehören weniger und weniger zu einem, und wenn man dann nach Jahren, aus welchen Gründen auch immer, wieder hineinschauen muß, verleugnet man sie zwar nicht, weiß aber, sie haben sich von einem entfernt. Man erkennt ihre Schwächen, sieht die eigene Unschuld wie auf einem Jugendfoto – nie wieder kann man derjenige werden, der dieses Buch geschrieben hat. Für einen selbst ist das die normalste Sache der Welt, doch offenbar nicht für den Leser, der dieses Buch in sein Herz geschlossen hat. Ich merkte, daß Rüdiger Safranski mir den Abstand übelnahm, der zwischen mir und *Philip und die anderen* entstanden war. Einmal ließ er sich sogar zu der Äußerung hinreißen, ich hätte nach dem Schreiben dieses Buches vielleicht besser sterben sollen. Das habe ich nicht getan. Statt dessen verbrachte ich, oft in seiner Gesellschaft, ein wunderbares Jahr in Berlin, das seinen Niederschlag in einem anderen Buch gefunden hat, *Allerseelen*, und wer weiß, was mit dem in dreißig Jahren passiert.

Nichts oder irgend etwas, ich werde es nicht mehr erfahren.

Berlin war auch das Reiseziel an einem Wintertag in den sechziger Jahren, und wieder war ich nicht allein unterwegs, sondern gleich mit zwei anderen, Freunden von mir und ihrerseits miteinander befreundet, dem Dichter Eddy Hoornik und dem Journalisten Willem Leonard Brugsma, dem ich später die *Berliner Notizen* gewidmet habe. Für mich war es eine spannende, für sie eine selbstverständliche Reise. Der offizielle Anlaß war ein Parteitag der ostdeutschen Kommunisten, auf dem Chruschtschow sprechen und von dem ich für *de Volkskrant* Bericht erstatten sollte, aber eigentlich ging es um einen Besuch in einem anderen Deutschland, einem, das nicht mehr existierte und in dem die beiden während des Kriegs in einem Lager gesessen hatten. Es war kalt und es schneite. An der jetzt nicht mehr existierenden Zonengrenze kontrollierten Männer in grünen deutschen Uniformen mit Hilfe von Spiegeln die Unterseite des Autos, es muß für meine beiden Freunde ausgesehen haben wie früher, Männer mit Hunden, Männer, die in derselben Sprache wie damals herumschnauzten. Doch sie sagten nichts. Sie kannten das alles, wußten, daß sie sich nicht aufzuregen brauchten, das taten sie erst später, nach den Grenzkontrollen, nach dem

Parteitag und der damit einhergehenden endlosen Warterei. Das geheime Ziel der ganzen Expedition wurde mir erst später klar: ein ungestümes Eintauchen in Deutsch-Nostalgisches, das für sie den Charakter einer Beschwörung oder Geisteraustreibung hatte. Die Zauberformel war ein Essen mit Bommerlunder und Pilsener Urquell, eine Orgie urgermanischer Gerichte von frischer Blut- und Leberwurst bis hin zu Schweinshaxe, Hackepeter und Saumagen, ein unvergeßliches teutonisches Hochamt, dessen Ende in einem Nebel von Aquavit und Bier verlorenging, durch den ich auf dem Kurfürstendamm zum Hotel zurückirrte. Und auch diese Reise wurde später, in den *Berliner Notizen*, eine Reise aus Wörtern.

Der Freund, mit dem ich am häufigsten gemeinsam gereist bin, ist ein Fotograf, Eddy Posthuma de Boer.

Als ich siebzig wurde, überraschte mein niederländischer Verlag mich mit einem Fotoband unserer Reisen, Brasilien und Bolivien, Japan und Thailand, Gambia und Mali. Auf den Schnappschüssen, die Eddy von ihnen mitgebracht hat, sieht man mich immer älter werden, bis ich irgendwann in den achtziger Jahren aus dem Buch verschwinde. Das war die Zeit, als unsere gemeinsamen Reisen aufhörten und die *Avenue*, das Blatt, für das wir Jahre gearbeitet hatten, am fatalen Erneuerungsdrang einer neuen Chefredakteurin einging, kräftig unterstützt von allerlei Leuten der Geschäftsleitung, die es, wie immer, besser wußten als ihre Leser. Außerdem hatte ich jemanden kennengelernt, mit der ich seither durch die Welt ziehe.

Die Reisen mit Eddy sind mir aber unvergeßlich geblieben. Urwald und Wüste, katastrophale Hotels und klapprige Flugzeuge, Verhaftungen, Präsidentenpaläste und alles, was eine jahrelange Freundschaft sonst noch unvergeßlich macht; ich brauche mir nur die Fotos in diesem Buch anzusehen, und es ersteht wieder in meiner Erinnerung. Die wundervollen Peul-Frauen in Mopti mit ihren goldenen Ohrgehängen, so groß wie Kinderhände, die Gitterstäbe in Gambia, hinter denen ich verschwand, weil ich nicht rechtzeitig vom Fahrrad gestiegen war, als der Wagen des Präsidenten vorbeifuhr, das große Netz mit angekohlten Schädeln über unseren Häuptern bei den Kopfjägern im Langhaus der Dajak, tief im Landesinneren von Kalimantan, die schaurig leeren Räume des Hotels Esplanade am Potsdamer Platz in Berlin, mit Aussicht auf die Mauer und die Stelle, an der Hitlers Bunker gestanden hatte, all die Dinge, die eine Welt erschaffen, die dann für immer zu deinem inneren Archiv gehört, Gespräche mit alten Priestern im Landesinneren von Bolivien, Eddys Leidenschaft für Fußballplätze und meine für Friedhöfe, Marotten, die man sich gegenseitig zugestand und über die abends in fremden Hotels noch lange geredet werden mußte, die Geduld, die er immer aufbrachte, um mir zu erklären, warum etwas gerade nicht fotografiert werden konnte. Gestritten haben wir uns in all den Jahren, glaube ich, nie. Allerdings hat er sich mal beklagt, daß ich ihn immer zum Essen zwang. Ich hoffe, er hat mir das inzwischen verziehen. In *Nootebooms Hotel* habe ich auszudrücken versucht, was für mich die Essenz seiner Kunst ist, und das gilt noch immer: »Einige seiner Fotos haben sich mir so eingeprägt, daß ich oft das Gefühl habe, sie seien auf mir abgezogen anstatt auf Papier. Ich war dabei, als sie entstanden, ich sah, wie jemand in einer Sekunde von einem Menschen zu einem Foto wurde, und ich weiß, daß diese Sekunde sonst in der Unermeßlichkeit des Vergessens gelandet wäre, in der sich unser Dasein abspielt, würden wir doch verrückt, wenn wir nicht vergessen könnten.«

Jetzt, da ich dies wieder lese, spüre ich es buchstäblich. Aus all den Reisen, die wir gemeinsam unternommen haben, sind nicht ein, sondern zwei Bücher geworden. Eines, das man in die Hand nehmen kann, um sich die Texte, die ich geschrieben habe, und die Fotos, die er gemacht hat, anzusehen, und ein anderes, inneres Buch, das in uns beiden existieren muß und in dem in meinem Fall die Fotos auf mir abgezogen sind anstatt auf Papier.

Fünf Freunde, Philip Mechanicus, Rüdiger Safranski, W. L. Brugsma, Eddy Hoornik, Eddy Posthuma de Boer, Scherze, Geheimnisse und Erinnerungen, ferne und nahe Reisen, einmalige und immer andere, nostalgische und abenteuerliche, bange und heitere, viel davon vergessen und doch unvergeßlich.

Viel mehr braucht es nicht.

Die *Gran Río*

Sie war kein großes Schiff, die *Gran Río*. Von Zeit zu Zeit fahre ich zu den Schleusen von IJmuiden, um den vorbeifahrenden Schiffen zuzusehen, den großen wie den nicht so großen. Wenn es nicht allzu grau oder neblig ist, kann man sie bis in weite Ferne verfolgen, bis zu diesem nie ganz eindeutig bestimmbaren Punkt, ab dem man sie wirklich nicht mehr sieht. Dann gehören sie der See, und man weiß wieder, was der Ausdruck »aus den Augen verloren« bedeutet. Ist man selbst derjenige, der sich auf See befindet, so verliert man ein ganzes Land aus den Augen, keine Kleinigkeit.

Ich hatte 1957 auf der *Gran Río* angeheuert, weil ich in ein Mädchen aus Surinam verliebt war. In jenen Tagen benötigte man, wenn man noch nicht einundzwanzig war, für eine Heirat die Zustimmung des Vaters. In unserem Fall meinte der Vater, dann solle ich doch erst mal kommen und mich vorstellen. Er war Direktor der Surinamischen Schifffahrtsgesellschaft SMS, die eine Flotte, bestehend aus einem Küstenmotorschiff sowie einigen Fährschiffen in dem Gebiet besaß, das damals noch niederländische Kolonie war. Das Küstenmotorschiff, die *Prins Bernhard*, pendelte zwischen Surinam und Curaçao, San Juan, New Orleans, Belém und Cayenne, ein zweites sollte hinzukommen. Das war die *Gran Río*, die im Sommer 1957 ausgeliefert wurde und ihre erste Reise nach Südamerika antreten sollte, um nie mehr zurückzukehren. Für diese Jungfernfahrt brauchte man eine Besatzung. Mein Schwiegervater in spe unterbreitete mir einen Vorschlag. Ich könne umsonst mitfahren als Passagier, könne mir die Überfahrt aber auch als Matrose verdienen, dafür bekäme ich 459 Gulden. Hinter diesem Satz stand ein zweiter, in Klammern: (Ein Amerikaner würde das tun.) Mir wurde klar, daß ich schanghait, gewaltsam rekrutiert, wurde, und heuerte an. Schanghaien, anheuern, ich war in einem Seefahrerroman gelandet. Das Schiff würde künftig in karibischen Gewässern kreuzen, wie ich also wieder zurückkommen sollte, war nicht klar. Geld hatte ich nicht, daher wandte ich mich an *Elseviers Weekblad*. Es wurde ein denkwürdiger Besuch. Chefredakteur war damals W.G.N. de Keyzer, von dem man sich erzählte, er habe mal einen Rivalen die Treppe hinuntergeworfen. Ich hatte *Philip und die anderen* veröffentlicht, aber keinen einzigen Artikel, und ich war sehr viel jünger als die großen Koryphäen, die für dieses Blatt arbeiteten. De Keyzers Zimmer war beeindruckend, dies war in meinen Augen die wirkliche Welt. Meiner Erinnerung nach besaß ich in jenen Tagen einen Sopran, in dem ich ihm nun meine Pläne unterbreitete. Ich wollte Berichte über alle Häfen schreiben, in denen wir anlegten, und dann nach Französisch-Guyana weiterreisen. Er hörte zu, ohne etwas zu sagen, bis das Telefon klingelte. Auch jetzt sagte er nicht viel. Ab und zu hörte ich »Ja, Eppo«, »Nein, Eppo«, und mir wurde klar, daß es sich um Eppo Doeve handeln mußte, den Leib-und-Magen-Zeichner des Blatts. Plötzlich legte er die Hand auf die Sprechmuschel, sah mich eindringlich an und sagte: »Das ist Eppo Doeve, an Bord des Kreuzers *De Zeven Provinciën* im Nördlichen Eismeer.« Inzwischen hatte er etwas auf einen Zettel gekritzelt, den er mir, sobald er aufgelegt hatte, gab. 2000

Gulden Reisespesen, stand darauf. Jetzt war ich Matrose *und* Journalist, doch was das bedeutete, wußte ich noch nicht. Ich schiffte mich ein mitsamt meiner Olivetti 22, einem Band des *Alexandria Quartet* von Lawrence Durrell und, wenn die Erinnerung hier nicht trügt, den Gedichten von Slauerhoff und machte mich mit dem Rest der Besatzung bekannt, die zum größten Teil aus Surinamern bestand; eine Farbreihe, die mit Weiß begann (Kapitän, Maschinist, Erster Steuermann), dann viele Schattierungen von Cappuccino über Schokolade zu Schwarz aufwies und schließlich wieder bei Weiß endete, und das war ich, der Rangniedrigste. Ich mußte die Offiziere bei Tisch bedienen, mit einem Tablett voll Limonadegläsern die schmale, steile Eisentreppe zum glutheißen Maschinenraum hinuntersteigen, in der Kombüse helfen und die Klos schrubben. Die *Gran Río* war ein 1400-Tonnen-Schiff, die Kajüte, die ich mit einem jungen Surinamer teilte, winzig. Er schlief oben, ich unten. Viele Worte konnten wir nicht wechseln, denn er sprach fast nur Sranantongo, also beschränkten wir uns aufs Lachen. Er hieß Demarara und war so schwarz, wie ich weiß war, also sehr schwarz. Erinnerung und Wirklichkeit sind nicht miteinander verwandt, das zeigt sich an den Briefen, die ich damals geschrieben und später zurückerhalten habe, verliebten Briefen, die über viel mehr Arbeit klagen, als vereinbart war, über die Langsamkeit des Schiffes und den täglichen eintönigen Anblick der grauen Wassermasse, die nirgends aufhörte. Davon spricht meine Erinnerung nicht, sie erzählt von der ersten Nacht in Lissabon, als das Schiff mitten auf dem Fluß vor Anker gegangen war. Die Stadt lag, sich leicht wiegend, unerreichbar im Dunkel. Einmal war ich per Anhalter dort gewesen, und ich wußte,

daß irgendwo in finsteren Gassen Fados gesungen wurden und daß Slauerhoff da umhergegangen war; dieses sanfte Schaukeln mitten auf dem Fluß war unerträglich. Der Rest der Besatzung hatte andere Sehnsüchte, und schließlich erhielten wir die Erlaubnis, mit einem Beiboot an Land zu fahren. Zum erstenmal hörte ich den legendären Alfredo Marceneiro singen, ein schnarrender, rauher Klang, in dem das Elend der ganzen Welt mitsang, *saudade*, diese ganz besondere portugiesische Provinz der Melancholie, die Verliebte so anspricht.

Am nächsten Tag wurde sehr früh gelöscht und geladen, danach ging es los. Es war der 20. Juni. Wir fuhren am Turm von Belém vorbei, hinaus auf den Ozean. Ich konnte noch nicht wissen, daß diese Seereise gut dreißig Jahre später in meinem Buch *Die folgende Geschichte* wiederkehren würde – wir schreiben immer schon lange, bevor wir schreiben. Jetzt aber war es ein anderer, der schrieb, und zwar der Kapitän, der das Schiffstagebuch in einer für mich geheimen Sprache führte. »Tiefgang und Position der Freibordmarke in bezug zur Wasserlinie. Die durchschnittlichen Tiefgänge des Schiffs sind bei Frischwasser, tropischer Fahrtbereich, 13'10"4, Seewasser, tropischer Fahrtbereich, 13'07". Abgelesene Tiefgänge bei Auslaufen in offene See: Lissabon 20. Juni 1957, Tiefgang vorn 07'01, hinten 08'10. Abstand v. Mittelpunkt des Kreises der Freibordmarke bis zur Wasserlinie (Tiefladelinie) Steuerbord + 05'04"5, Backbord + 05'04"5. Spezifisches Gewicht des Wassers 1,015.«

Für die Strecke Amsterdam-Lissabon hatten wir fünf Tage gebraucht. Im Schiffstagebuch lese ich »stampfendes und leicht schlingerndes Schiff«, und das sollte so bleiben.

Über den 18. Juni erzählt die nicht immer deutliche Handschrift des Kapitäns in seiner Geheimsprache: »20.55 C. Roca Lotse an Bord in der Cascais Bucht. Fuhren nach Lotsenanweisung den Tejo aufwärts. Passierten 22.25 Forte d. Sao Julio 22.57 Belém Castle Ankerten Liss. 23.20 SB Anker + 75 sdm-Kette in 18 sdm. Ankerlichter hell brennend. Peilungen unverändert.« Danach kommen dreizehn lange Seiten »von Lissabon nach Port of Spain«. In meinen Briefen lese ich, daß mir der Kapitän und der Erste Steuermann, bei denen ich mich in meiner Freizeit auf der Brücke aufhalten durfte, beide gestanden hatten, daß sie sich an Bord meist zu Tode langweilten. Viel später habe ich ein Gedicht über diese Reise geschrieben, in dem die Verszeile vorkommt *Angst, damals undenkbar, spüre ich jetzt*. Ich gebe zu, das ist merkwürdig. Im Lauf der Zeit habe ich andere Schiffsreisen unternommen, die Angst war also nie groß genug, es zu unterlassen, und doch stimmt es. Diese enorme leere Fläche hat etwas Beängstigendes. Jedes Schiff in der Ferne wird zu einem Ereignis, meistens jedoch war nichts zu sehen. Dann und wann ein fliegender Fisch, große Aufregung. Die Tage vergingen mit harter Arbeit, man hatte keine Zeit, darüber nachzudenken, diese Fläche war immer um einen. Die Offiziere ließen mich rennen und traben. Dialoge, die ich nicht vergessen habe: *Warum legst du bei diesem Mann das Messer gerade hin und bei mir schief? Weil er hellhäutiger ist als ich? – Nein, Mijnheer, das kommt durch die Bewegung des Schiffs. – Junger Mann, werd jetzt nicht frech. – Nein, Mijnheer. – Geh und schrubb die Toilette, da ist ein brauner Rand drin. – Ja, Mijnheer.* Lehrreiche Tage für den Matrosen, der bereits ein Buch geschrieben hatte, das in dieser Welt nichts zählte, Ansichten, Gespräche, Ereignisse. Geschichten, die andere einem erzählten, und Nächte, in denen man darüber nachdenken konnte, irgendwo in einem Winkel an Deck; das Geräusch der Maschinen, das Geräusch der Wellen am Schiff und darüber dieses andere Meer, Sterne, wie man sie an Land niemals sieht. Zum Lesen kam ich nicht, zum Schreiben auch nicht. Stundenlang stand ich auf dem Achterdeck an der Reling und blickte auf die Schaumspur, die hinter uns breit auseinanderging zu einem unendlich gestreckten, langschenkligen Dreieck, das im Nichts verschwand.

Der Steward war klein, leicht gelblich und hatte einen Buckel. Er war freundlich. Am Essen wurde natürlich herumgemäkelt, doch das focht seinen Frohsinn nicht an. Es war Sommer, wir aber bekamen Winterkost: Heringe säubern, Zwiebeln schneiden und Kartoffeln schälen für den Eintopf, braune Bohnen mit Reis, salziger Fisch, die Speisen der Tropen. Eines Tages kam er zu mir und fragte, ob sie sich meine Schreibmaschine ausleihen dürften. Sie, das waren die anderen Matrosen. Ich traute mich nicht zu fragen, wozu, aber das wurde schnell genug deutlich. Sie verschwanden allesamt in der Kajüte des Stewards. Ich hörte Gerede und Gelächter und die ersten Anschläge auf meiner Olivetti. Danach wurde es für kurze Zeit still, eine Stimme sagte etwas auf Sranan, gefolgt von orkanartigem Gelächter und Gekreische mit hohen Juchzern und vielen *San! Mensch!*, und dann wieder Getippe. Ich erkannte das Lachen von Demarara und dem Steward und fühlte mich ausgeschlossen. Nach einer Stunde waren sie fertig. Der Steward brachte mir mit viel zu ernster Miene die Maschine zurück und reichte mir ein vollgetipptes Blatt. *BITTE*

ÜBER BORD WERFEN VOR TRINIDAD!!! stand darunter. Mir tut es noch heute leid, daß ich das gehorsam befolgt habe, denn in ihrer Geschichte waren sie alle Jungs in einer Klasse und hatten eine üppig gebaute blonde, weiße Lehrerin mit allem Drum und Dran – zu ihrer freien Verfügung. Ein Schiff ist fast so etwas wie ein Kloster, das war also willkommen, und auch die Lehrerin hatte offenbar schon seit Jahren darauf gewartet, denn es wurde ein wahres Fest. An die Details erinnere ich mich nicht mehr, aber alle waren sehr glücklich und zufrieden, das stand deutlich geschrieben.

Ein geheimnisvoller Augenblick, man merkt es im Schlaf, das Schiff schaukelt anders, es rollt. Man steht auf und schaut durch das Bullauge hinaus. Land, Hügel. Nach vierzehn Tagen nähern wir uns Port of Spain, dem Hafen von Trinidad. Und ich weiß nicht mehr, ob es dort war, daß das Meer plötzlich braun wurde, erdfarben. Ich fragte den Steuermann, woher das komme, und er sagte, Sand aus dem Orinoco. Hinter dem Kapitän her zum Hafenbüro wie ein chinesischer Diener. Er ging groß und weiß voran, ich trug die Tasche mit den Dokumenten. Sechs Jahre nach meinem ersten Ausland meine ersten Tropen, und meine ersten Reisegeschichten. Eine Woche später fuhren wir den Suriname aufwärts bis zum Fort Zeelandia. Das Schiff war über die Toppen geflaggt, draußen tanzte eine schwarze, farbenfrohe Menschenmenge. Erste Lektion: die Hitze. Mein künftiger Schwiegervater kam an Bord, weiße Schuhe, Palm-Beach-Anzug. Abends gab es ein großes Fest im Club, Mambos und Merengues, Musik aus einer anderen Welt, ein einziges großes, fröhliches

Lärmen, Frauen in den phantastischsten Farben, eine Feuertaufe. Mein Schwiegervater winkte eine der tanzenden Frauen zu sich heran. Ob es ein Examen war, weiß ich nicht, jedenfalls übergab er mich ihr mit den Worten: »Wir müssen diesem *bakra* das Tanzen beibringen. Nancy, give him the lead!« Später hörte ich die Geräusche der Tropennacht, ein Gebrülle und Gegurgel von Kröten oder Fröschen und allem möglichen, was ich noch nicht einordnen konnte, Geschrei und Gekicher, das die Stille der See zu einer fernen Erinnerung machte. Ich war in etwas gelandet, das mich nicht mehr aus seinem Bann lassen sollte. Alles, was ich an Bord und in den Häfen unterwegs gehört und erlebt hatte und was ich in den nächsten Wochen noch an Eindrücken sammeln sollte, meine Reise nach Französisch-Guyana, der breite Fluß mit seinen Einbäumen, die Dörfer von Buschnegern und Indianern in der Nähe des Marowijne, all das wurde für das Buch gespeichert, das ich *Der verliebte Gefangene* nennen sollte.

Gran Río

1957.
Vierzehn Männer, vierzehn Tage,
Ein Boot auf dem Ozean.
Durch das große Gewebe des Sommers
Bewegt sich als Spinne das Schiff.
Zurück bleibt ein Logbuch aus Meerschaum,
Das keiner lesen wird.
Auf diesem Ort in der Zeit
Wache ich unter Sternen,
Die sich selbst nicht benennen.
Angst, damals undenkbar, spüre ich
Jetzt.
Ich stand allein an der Reling
In meinem früheren, anderen Körper,
Kein Gedanke, keine Schiffe in Sicht.
Die Fracht der Milchstraße
Erhellte die schwankende Fläche,
Deren Farbe jetzt aussah wie Schlamm;
Das Schiff rollte anders, der Steuermann sagte:
Sand aus dem Orinoco.
Dann sah ich das Land schon im Wasser,
Den Mund vor den Augen,
Und die Stadt so groß wie dein Haus.*

Der König von Surinam

Außer von der Antonov 140 und der DC-3 habe ich mir die Namen der *komischen* Flugzeuge, in denen ich geflogen bin, nie gemerkt. Ich hätte es tun sollen, und sei es nur, um die Nachwelt damit zu verblüffen. Manchmal gelingt mir das schon jetzt. Dann sehe ich auf dem schwitzenden Asphalt irgendeines Flughafens in irgendeinem Dritte-Welt-Land eine prähistorische Maschine und sage locker, in so einer sei ich seinerzeit noch geflogen. Das macht natürlich entsprechend alt, verleiht einem aber auch den Glanz des Abenteurers. Allein schon deshalb tut es mir leid, daß ich die meisten Namen nicht mehr weiß, es hätte meine Geschichten um so vieles schöner gemacht.

Es war 1957, auf dem Flugplatz von Albina in Surinam, am Marowijne, dem Grenzfluß zu Cayenne, Französisch-Guyana. Der schlammfarbene Fluß, auf beiden Seiten die schwere, raschelnde, so undurchdringlich scheinende Schlachtordnung von Bäumen – es versetzte mich in eine Stimmung permanenter Aufgeregtheit. Alles war mir auf die eine oder andere Weise zu einem Abenteuerbuch geworden, die Busfahrt nach Albina auf der Straße, die damals eigentlich noch keine Straße war, die ungeheuer rote Erde, die laute und unverständliche Pracht der Stimmen um mich herum, und dann wieder, in Albina, die so stille Fahrt in einem Einbaum auf dem spiegelglatten breiten Fluß. Wunderbar, das alles, aber natürlich ging es irgendwann dem Ende zu, ich mußte zurück nach Paramaribo. Von Amsterdam war ich mit dem Schiff gekommen, der Flug von Albina nach Paramaribo sollte, wenn ich mich richtig erinnere, der zweite meines Lebens werden. Der erste war ein Rundflug über Amsterdam, den ich, Jahre zuvor, bei einem Preisausschreiben in *de Volkskrant* gewonnen hatte.

Fünfzig Jahre ist das nun her! Wer weiß noch, wie der Flugplatz von Albina damals aussah? Durch das Halbdunkel all der Jahre sehe ich eine Art von großem Fußballfeld ausgespart in dem, was ich der Einfachheit halber Urwald nenne. Darauf stand ein kleines Gebäude und daneben ein ganz kleines Flugzeug, eigentlich eher ein Autochen mit Flügeln, das komischerweise die Nase oben anstatt vorn hatte. Es gab drei Plätze in diesem Flugzeug, von dem ich, wie gesagt, nicht mehr weiß, wie es hieß.

Einer war für mich, das war klar. Der zweite für den Piloten, versteht sich. Ich war sehr aufgeregt und hatte im Grunde sogar Angst. Wir warteten auf den dritten Passagier, und die Hitze zählte die Tropfen. Es dauerte, aber der Pilot sagte, wir könnten noch nicht starten, da der Passagier, der so auf sich warten ließ, ein gewichtiger Mann sei. Das war er, in mehr als einer Hinsicht. Nach einer Stunde, in der sich die Hitze immer höher türmte, fuhr plötzlich eine große schwarze Limousine in einer roten Staubwolke auf das Rollfeld. Das Auto sprengte den durch Urwald, Hütten und Einbäume vorgegebenen Rahmen völlig, und daß ein buntes Fähnchen auf einem der vorderen Kotflügel flatterte, machte alles noch interessanter. Ein Chauffeur stapfte durch den Staub zum hinteren Wagenschlag, und ein ungeheuer großer schwarzer Mann in absolut makelloser Uniform stieg aus. Der König von Surinam, dachte ich, ein Geringerer konnte es nicht sein. Er schritt auf die Mücke zu, in der wir saßen, und der Chauffeur trippelte hinter ihm her, beladen mit Aktentaschen und einem Diplomatenkoffer.

»Oje«, sagte der Pilot, daran erinnere ich mich jedenfalls noch genau. Der König von Surinam nahm Platz, und das Luftfahrzeug neigte sich deutlich nach rechts.

»Oje«, sagte der Pilot wieder, »das geht unmöglich.«

Der Chauffeur legte erst eine Aktentasche auf den so prächtig uniformierten Schoß, dann noch eine und noch eine und zum Schluß das Diplomatenköfferchen. Man sah das Gras näher kommen.

Der König von Surinam grüßte uns freundlich mit einem Lachen, in dem man ein Jahr lang herumreisen konnte, und machte Anstalten, seinen Sicherheitsgurt zu schließen. Ich versuchte, etwas nach links auszuweichen, doch da ich auf dem Kindersitz hinten in der Mitte saß, half das nicht viel.

Der dritte Passagier war, wie sich herausstellte, der Chef des Distrikts Marowijne, und wahrscheinlich irre ich mich, wenn ich meine, daß der Pilot ihn mit »Exzellenz« anredete, wohl aber ist wahr, daß er mit dem untertänigsten Klang seines Registers kundtat, die vielen Taschen könnten nicht mit.

»Die müssen mit«, sagte der König, »und da ist noch ein Koffer. Mit meiner Uniform«, fügte er *for good measure* hinzu.

»Dann kommen wir nicht hoch«, sagte der Pilot.

Stille. Hitze.

Der König drehte sich um und sah mich an. Ich sah, daß er mich wog.

»Ich habe eine wichtige Sitzung beim Gouverneur«, sagte er. Niemand antwortete.

»So kommen wir nicht hoch«, sagte der Pilot nach einer Weile, als wäre ihm das gerade aufgegangen. »Ich meine, das schaffen wir nicht.«

»Haben Sie's eilig?« fragte der König, und diese Frage konnte nur an mich gerichtet sein.

»Der Herr hat ein gültiges Ticket«, sagte der Pilot. Ich hätte ihn küssen können.

»Ich muß in einer Stunde in Paramaribo sein«, sagte der König.

»So wie die Sache steht, kommen wir nicht mal hoch«, sagte der Pilot.

Das Ende vom Lied war, daß alle Passagiere gewogen wurden. Weil es nur zwei waren, ging es schnell. Ich war zu der Zeit ausgesprochen schmächtig und deshalb für wehruntauglich befunden worden. Viel mehr als fünfzig Kilo wog ich nicht, bedeutend weniger als das Gepäck des Großmächtigen. Als dieser sich auf die Waage stellte, schoß der Zeiger herum, als wolle er Schwung holen zu einem Walzer. Nun hieß es verhandeln oder, besser gesagt, das Theaterstück spielen, das zum Verhandeln gehört. An meiner minimalen Gestalt ließ sich nichts einsparen, das war klar, und Gepäck hatte ich auch nicht. Seufzend öffnete der Bezirkschef Tasche um Tasche, begann Dokumente zu lesen, schüttelte den Kopf. Wie sollte das Land regiert werden, wenn er seine Papiere nicht mitnehmen durfte? Was würde der Gouverneur sagen, wenn er ihm in einer verschwitzten Uniform seine Aufwartung im weißen Palast machte? Lediglich das Argument, daß wir alle dem sicheren Tod entgegensähen, schien einen wenigstens leisen Eindruck auf ihn zu machen. Nun wurde um jedes einzelne Kilo gefeilscht. Ein Paar Schuhe hier, ein Ordner da, eine Generalstabskarte, ein Packen Briefe, eine Flasche After-shave, die Tasche selbst, das kupferbeschlagene Diplomatenköfferchen, alles wanderte auf die Waage, bis der Moment kam, in dem wir unser Leben aufs Spiel setzen sollten.

»Wir sind noch immer viel zu schwer«, wandte der Pilot gegen das Staatsinteresse ein. Ich warf einen letzten Blick auf die geliebte Erde, die mir jetzt so reizvoll vorkam. Dann begann das kleine Flugzeug über das Fußballfeld zu stürmen, genau auf die bösartigen Bäume zu. Ich muß meine Augen kurz geschlossen haben, denn plötzlich hörte das rasende Geholper auf und wich diesem eigenartigen, immer wieder freudigen Gefühl, in der Luft zu sein.

»Oje«, sagte der Pilot, und das hätte gut das letzte Mal sein können, denn wir flogen geradewegs in die Wipfel der hohen Bäume, nein, fast, oder doch, oder doch nicht, und, die Vision dieser grabschenden gefährlichen Äste vor meinen wieder geschlossenen Augen, erwartete ich mein Ende. Bis ich den König von Surinam zufrieden summen hörte und unter mir die glatte, breite Fläche des Marowijne sah, eine glitzernde Schlange, die im Urwald verschwand, über den wir nun, kurzatmig brummend, hinwegflogen und für den keinem Piloten oder Schriftsteller bisher ein besserer Vergleich eingefallen ist als Grünkohl.

Herbarium

Auch dieses Heft ist blau, aber es sieht nicht aus wie die anderen. Es hat am Rücken Metallringe, noch nicht solche aus Plastik. Wir schreiben auch erst 1948. Ich bin fünfzehn. Klasse 2 B steht auf dem Einband. Ich habe eine unbeholfene Zeichnung dazu gemacht, wahrscheinlich soll sie eine Schwertlilie darstellen. Innendrin ein Friedhof getrockneter Blumen und Grünpflanzen. Die Handschrift strebt nach oben, allerdings in kindlich runden Buchstaben. Venray, Klosterschule der Franziskaner, einmal pro Woche ein großer Spaziergang. Später sollte mir das bei den Kartäusern in Spanien, den wenigen, die noch übrig sind, wiederbegegnen, in der Nähe von Zaragoza. Wüstenartige Landschaft, dürr, trocken. Eine Gruppe von Mönchen in langem Gänsemarsch, im wahrsten Sinne des Wortes ausgelassen, hinausgelassen, genau wie wir früher. Alte Knaben waren wir, Pseudo-Erwachsene ohne Stimmrecht. Wir lasen *De Tijd* (das machte einen vornehm) oder *de Volkskrant* (damit gehörte man zum Volk). Pfeifenraucher mit Baretten, Niederländer im Werden, unfertige, merkwürdige kleine Herren, die es weit bringen sollten, aber noch nicht genau wußten, womit und wohin. So ungefähr verhielt es sich. Die meisten wurden nie wieder ganz normal. Sie sind an der katholischen Universität von Nimwegen gelandet, aus ihrem Glauben in die Neue Kirche von Marx hinunter- oder hinaufgesaust oder irgendwo in Afrika oder in Neuguinea Bischof oder einfach Pater geworden und haben sich in den Niederlanden nie

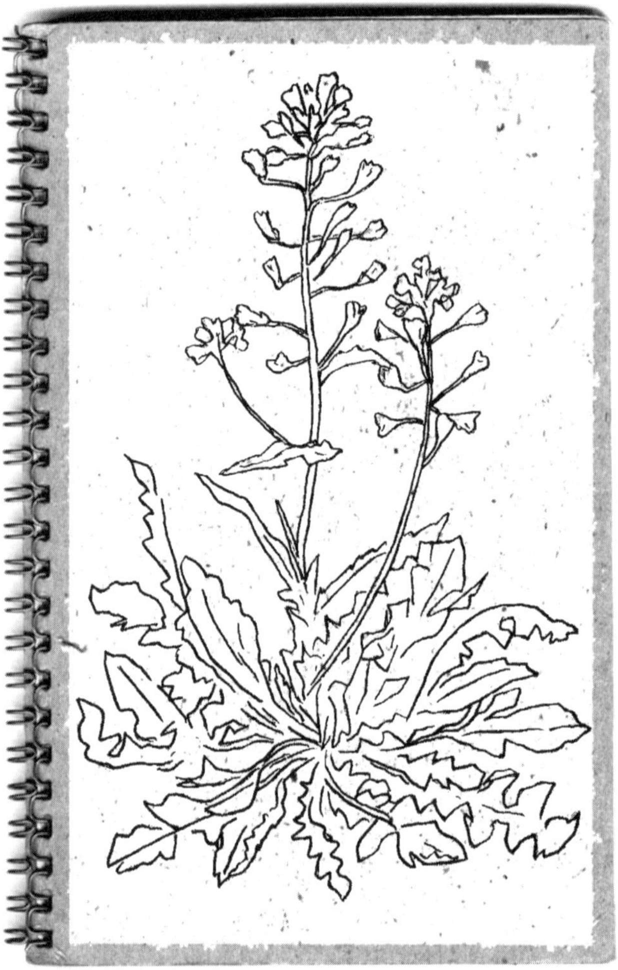

wieder richtig eingewöhnt. Auf diesen glücklichen Spaziergängen muß ich die Blumen gepflückt haben, die mich jetzt, fast sechzig Jahre später, aus ihrem Tod heraus noch anstarren: die Mumien von Weißdorn, Taubnessel, Zaunrübe, Vogelkirsche, Schöllkraut, Ehrenpreis – dies wird ein Exerzitium für die Übersetzer. Manche der Blätter sind noch überraschend grün, aus dem einen durchsichtigen Libellenflügel der Lindenblüte könnte ich noch einen Fingerhut Tee kochen. Sauerampfer, Maßliebchen, Hirtentäschel, Ackerkrummhals, wie üblich bin ich auf der Suche nach einem nicht mehr dingfest zu machenden Ich, diesem Jemand, der sich bückt, um die Brombeere, die Tollkirsche, das Gänsefingerkraut und das Pfefferkraut, den Gundermann und den Schachtelhalm zu pflücken und danach mit kleinen braunen Klebpapierstreifen in dieses Heft zu kleben und ihre unvergeßlichen Namen darunterzuschreiben, Ackerschmalwand, Spitzwegerich, Gemeiner Schneeball.

Dieser Jemand ist eine meiner früheren Erscheinungsformen, interessiert an Grünzeug. Wie wäre es wohl, würde ich mich ihm dort, an jenem Limburger Wegrand, vorsichtig nähern? Dürfte ich ihm erzählen, wohin er, pflückenderweise, unterwegs war? Oder streue ich damit Zucker in die Zeitmaschine? Nein, laß ihn nur. Der Mönch in der braunen Kutte mit dem weißen Strick und den drei Knoten, dieser entfernte Sproß des einstigen mystischen Bettelordens, dessen Gründer in Assisi mit den Vögeln sprechen konnte, steht dazwischen. Vielleicht weiß er, daß künftige Zeit sengt und brennt und nur in kleinen Dosen zu ertragen ist. Frauen, Bücher, Schiffe, Flugplätze, das alles gehört noch nicht zu diesem Jemand und den sich wiegenden Pflanzen am Wegrain und am Rande des Wassergrabens. Ihr Vertrocknen in seinem Heft zeigt das Zeitmaß an, in dem sich die Metamorphose ertragen läßt. 1948-2007, die Farben verblaßt, aber die Formen noch sichtbar. Durch das Braun des Klees hindurch sehe ich das Violett, die einst so weiße Blüte des Wiesenbärenklaus ist jetzt zerbröselt und zusammen mit der Heftseite vergilbt. Es hilft nichts, daß ich einst Doldenblütler danebengeschrieben habe, ein Botaniker sollte ich nie werden, wohl aber jemand, der in den kleinen, unauffälligen Erscheinungen des Pflanzenreichs seine Verbündeten erkennen und eine so viel spätere Abspaltung des emsigen Pflückers, der ich war, in der Gestalt Arthur Daanes zwingen sollte, ihre Nichtigkeit und Unscheinbarkeit so zu filmen, daß zumindest ein paar Leser von *Allerseelen* sie als Zeichen dafür wahrnehmen würden, daß auch das Geringste die Mühe des Betrachtens, Filmens und Aufschreibens wert ist.

TURBULENZEN

Absinth und Ambre Solaire

Es ist eine Form von Hochmut, einem früheren Ich schlechtes Benehmen übelzunehmen, vor allem wenn dieses frühere Ich erst vierundzwanzig Jahre alt war und sich von einem Vierundsiebzigjährigen nicht gern sagen lassen will, wie es sich vor fünfzig Jahren hätte benehmen sollen. Es war 1957 und es war auf Ibiza, noch nicht dem Yuppie- und Drogen-Ibiza von heute, sondern der armen Insel, auf der die Bäuerinnen noch in Tracht herumliefen und die Fischer in einem Keller am Hafen auf eigenartigen, primitiven Instrumenten spielten. Nicht lange danach sollten aus diesen Kellern Discotheken werden, in denen für Fischer kein Platz mehr war, und die Trachten sollten verschwinden, zusammen mit dem Absinth, den man damals noch bekam. Davon könne man, sagten die Fischer, blind und impotent werden, das machte es zusätzlich spannend, und literarisch war es auch, denn Rimbaud und Verlaine hatten ebenfalls Absinth getrunken. Mit ihnen mag es daher kein sehr gutes Ende genommen haben, ihre Verse aber hatten ein Jahrhundert überlebt, und darum ging es doch schließlich. Den Absinth tranken die Fischer verlängert mit Kirsch- oder Erdbeersirup, wodurch die Farbe von giftgrün in rosa umschlug; das nannte sich aus unerfindlichen Gründen *suiza*, was auf spanisch »Schweiz« heißt.

Es müssen also eine ganze Menge *suizas* gewesen sein, die ich an jenem denkwürdigen Abend auf einer Fete getrunken hatte, die so fatal enden sollte. Wilde Zeiten waren es. Plötzlich war hier so etwas wie eine kleine niederländische Künstlerkolonie entstanden. Ich erinnere mich an ein Puddingwettessen zwischen Hugo Claus, Karel Appel und mir, das ich natürlich verloren habe. Seit dieser Zeit überläuft mich noch immer ein leichter Schauer beim Gedanken an diesen riesigen Tisch voller kleiner gelber wackelnder Puddinge, die die Spanier *flan* nennen. Ein anderes Mal erwarteten wir Harry Mulisch an der Fähre, die damals nur einmal in der Woche ging, mit einem Spruchband, das schon aus einem Kilometer Entfernung vom Wasser aus zu sehen gewesen sein mußte: HARRY GO HOME!

Vom Beginn des fatalen Abends weiß ich nichts mehr, ein Vorhang aus Absinth hängt davor. Sicher ist nur, daß ich es aus welchem Grund auch immer für nötig hielt, in dem Haus, das ich für ein halbes Jahr gemietet hatte, alles, was sich in meiner Reichweite befand, auf den (Stein-) Fußboden zu schmeißen. Es war Herbst, doch das hat dort nicht viel zu besagen. Warm, schwül, gewittrig war es. Augenzeugen haben mir später berichtet, daß ich unermüdlich war. Stühle, Tische, Teller, kurz und gut: alles, was sich in einem solchen gemieteten Haus finden läßt, ging zu Boden. Nun kann ich natürlich sagen, daß ich mich heute noch schäme, das macht sich immer gut; andererseits habe ich meine Strafe noch am selben Abend bekommen, und in gewisser Weise trage ich sie noch immer in Form einer sichtbaren und einer unsichtbaren Narbe, die eine an der linken Hand, die andere unter der linken Augenbraue, zwei wüste Kerben, die ich weiß Gott ehrlich verdient hatte, weil ich es als Apotheose meines wütenden Solotanzes für nötig befunden hatte, eine Flasche

Ambre Solaire auf den Boden zu knallen und anschließend in ihrem Inhalt auszurutschen, so daß ich mit Schmackes in den Scherben landete. Seitdem weiß ich, wovor unsere immerhin etwas sonderbar geformten Schädel uns beschützen. Eine Scherbe traf mich direkt neben dem Auge, prallte jedoch am Knochen ab. Die andere schlug eine tiefe Kerbe in meine linke Hand, und zwar an der Oberseite, eine klaffende Wunde, von der ich nichts spürte. Absinth ist ein probates Mittel gegen den Schmerz, vorausgesetzt, man trinkt genug davon. Die Rumschmeißerei hatte mir gutgetan, ich setzte mich, mit nichts als einer knappen Badehose angetan, befriedigt auf die Terrasse und ahnte nichts von dem Blut, das aus meiner Kopfwunde strömte. Meer, Vollmond zwischen den Wolken, alles wunderschön, der Derwischtanz war in eine euphorische Stimmung umgeschlagen, soweit es mich betraf, war die Welt in Ordnung. Das muß der Augenblick gewesen sein, in dem mein Nachbar, ein bekannter niederländischer Schauspieler, aus seinem Haus trat, um noch einen Schluck mit mir zu trinken. Seinen Bericht will ich hier nicht wortwörtlich wiedergeben, jedenfalls gipfelte er darin, daß er Graf Dracula auf meiner Terrasse sitzen sah, denn das Blut war zu meinem Mund gelaufen und troff über meine nicht gerade unscheinbaren Eckzähne weiter abwärts, wo wegen der anderen Wunde ebenfalls alles rot war. Während ich fröhlich vor mich hin kakelte, hat er, so gut es ging, versucht, die Blutung zu stillen und mich anschließend zu waschen. Ein Krankenwagen kam nicht in Frage, denn wir wohnten an einem Sandweg, der durch den Regen am Nachmittag glitschig geworden war. Auf diesem Weg versuchte er mich jetzt, über die Hügel, die uns von der Hauptstraße trennten, ins Krankenhaus zu schaffen. Unterwegs soll ich noch gesungen haben, und auch im Krankenhaus war ich der Strahlemann des OPs. Vom Arzt weiß ich nur noch, daß er eine riesige Zigarre im Mund hatte, als er sich meine Wunden ansah und meinte, ich hätte offenbar keine Nerven, weil mir der Schmerz nichts ausmachte. Ob er diese Zigarre noch immer im Mund hatte, als er mit Nadel und Faden (Ibiza! 1957!) meine Wunden zu nähen begann, weiß ich nicht mehr. Ich blieb, hörte ich später, unvermindert fröhlich. Der Arzt sagte, ich brauchte eine

Tetanusspritze, die er mir aber erst am nächsten Tag geben könne. Das erscheint mir heute unwahrscheinlich (hatten sie kein Serum? Darf man einem Betrunkenen keine Spritze verpassen?), aber damals fand ich alles wunderbar.

Am nächsten Tag nicht mehr. Du wachst inmitten eines unbeschreiblichen Trümmerhaufens auf, links und rechts von dir liegt ein riesiger Kater, du hast einen Verband um die Hand, die plötzlich fürchterlich weh tut, und mit der rechten Hand fühlst du, daß über dem linken Auge auch irgend etwas nicht koscher ist. Daraufhin beginnt das quälende Fragen, zuerst nach dem Wie, dann nach dem Warum. Letzteres war, wie üblich, nicht mehr nachzuvollziehen, ersteres erst mit Hilfe anderer, in diesem Fall meines Nachbarn. Er holte mich ab, um mich ins Krankenhaus zu bringen. Von dem gestern noch fröhlich singenden Künstler war nichts mehr übrig. Eingehüllt in eine Wolke aus Kater, Nachdurst, Schmerz und Reue, stolperte ich über den von neuem naßgeregneten Schlammweg. Ob eine Tetanusspritze heutzutage nicht mehr weh tut, weiß ich nicht, aber ich weiß noch, daß der Arzt mit, wie mir schien, satanischem Vergnügen eine Injektionsnadel hervorzauberte, die meiner Meinung nach eher für Pferde als für Menschen bestimmt war, und mir damit zu den bereits vorhandenen Formen von Schmerz noch eine hinzufügte, die sich anfühlte, als werde so etwas wie giftiger, rostiger Grus in mein System gepumpt. Danach nahm er den Verband von meinen beiden Wunden ab, betrachtete hochzufrieden das Ergebnis seiner Stichelarbeit und sagte, ich könne die Rechnung im Büro bezahlen. Seit dieser Zeit schmiere ich mich nie mehr mit Absinth ein, und Ambre Solaire trinke ich auch nicht mehr.

Amerikanische Variante: Pseudo-infarctus praecox

Mittlerweile muß es an die dreißig Jahre her sein. Ich hatte gerade ein Buch abgeschlossen, das ich jahrelang im Kopf mit mir herumgetragen hatte, danach hatte ich einen verzwickten Auftrag angenommen, nämlich: etwas über Gebäude zu schreiben, die im vergangenen Jahrhundert zwar entworfen, aber nicht gebaut worden waren (eine Oper in Amsterdam, eine lange Brücke über das IJ mit Wohnblocks auf beiden Seiten – ein Plan aus dem Jahr 1856, oh, wie anders hätten die Niederlande dann ausgesehen!), und in meinem Privatleben war etwas in die Brüche gegangen, was mich sehr mitgenommen hatte. Genau die Umstände also, die einen dazu bringen, sich auf Reisen zu begeben, »um alles hinter sich zu lassen«, was natürlich Unsinn ist. Man läßt nichts zurück, sondern nimmt es im Gegenteil mit. Nenn es Streß, Kummer, Erschöpfung, es sitzt unsichtbar neben dir im Flugzeug, haust in deinem Koffer und steigt auf dem J.F. Kennedy Airport mit aus. Man braucht es nicht zu verzollen, denn man weiß nicht, daß man es bei sich hat. Ich befand mich auf dem Weg zu Freunden in Maine, wollte aber zunächst ein paar Tage in New York verbringen, um mir einige Theaterstücke anzusehen. An die Stücke erinnere ich mich nicht mehr, wohl aber an merkwürdige Schwindelanfälle, die zu den unerwartetsten Augenblicken kamen und glücklicherweise auch wieder gingen und die ich diesem geheimnisvollen »Jetlag« zuschrieb, über den alle ständig klagten, der mir bisher aber eigentlich wenig zu schaffen gemacht hatte. Und wenn es das nicht war, dann mußte es der Bourbon vom Vorabend sein oder das Gesumme und Gedröhne der Großstadt oder der Schlafmangel infolge überheizter Hotelzimmer und des nächtlichen Getutes und Gejaules von Polizeisirenen, Feuerwehrautos und Rettungswagen, das nun mal zur New Yorker Geräuschkulisse gehört, zumal wenn das Hotel an einer belebten Kreuzung liegt.

Welch ein Aufatmen danach in Maine, hoch, weit, nördlich und an der Küste des Atlantischen Ozeans gelegen, ein altmodisches Amerika mit Holzhäusern, großen, breiten Alleen mit hohen Bäumen und (damals noch) riesigen Autos mit verchromten Flossen und sehr alten Damen am Steuer.

Der kleine Ort, in dem meine Freunde wohnten, hatte einen französischen Namen und lag an einer wunderschönen Bucht. Hier konnte nichts mehr schiefgehen. Das Leben verlief im Tempo des neunzehnten Jahrhunderts, ich hatte nichts anderes zu tun, als auf der Werft herumzulungern, zuzuschauen, wie ein einsamer Fischer hinausfuhr, spazierenzugehen und Pilze zu suchen, denn es war Herbst, diese herrliche Form, die man dort Indian Summer nennt; Gold der Sonne im Gold der Blätter, Tage mit *blueberry pancakes* und abends ein großes Kaminfeuer, an dem abwechselnd vorgelesen wurde. Voltaire, das weiß ich noch, auch wenn sich das nicht mit der Vorstellung decken dürfte, die die meisten Niederländer von Amerikanern haben. Meine Freunde wohnten in einem Admiralshaus aus dem achtzehnten Jahrhundert, mit einem Rosengarten, einem Rasen und uralten Buchen, Vogelgezwitscher; zur späten Nachmittagsstunde ein Glas mit

Bourbon und frischen Minzeblättchen, nichts fehlte zum irdischen Glück, doch die Schwindelanfälle blieben, meine Freunde machten sich Sorgen, und als ich einmal bei Tisch merkwürdig schwankte, schickten sie mich in das örtliche Krankenhaus.

»Es ist sehr klein, aber es gibt dort einen guten englischen Arzt, besser, wenn du dich mal untersuchen läßt. Es wird schon nichts sein (Oh, dieser berühmte Satz, an dem die ärztliche Zunft immer so viel Freude hat!), aber dann sind wir wenigstens sicher, und du bist es auch.«

Klein, das stimmte. Man ging eigentlich nur so zum Vergnügen hinein. Blumen überall, eingeschossige Gebäude, Dahlien, wieder ein Rasen – es war eines dieser Krankenhäuser, in denen alte Damen summend sterben. Der Arzt war nicht nur Engländer, er war durch und durch Engländer, und er saß, angetan mit dem weißesten Kittel der Welt, vor einer atemberaubenden Wand voll gerahmter Diplome des Royal College von hier und des Royal College von da. Ich war schon fast geheilt. Sein Oxford-Akzent hatte in dieser amerikanischen Umgebung etwas vollkommen Unwirkliches, und das fing schon bei seinem Namen an, Dr. Cooper-Smythson (Kuhpah-Ssmaizßn). Ich selbst hieß plötzlich Nuhtbuhm, aber das hatte ich schon öfter erlebt. Ich sollte sagen, was mir fehlte. Die Gabe des Wortes ist Fluch und Segen zugleich. Wer unter Verwendung der richtigen Metaphern eine ganze Weile vor sich hin schwadronieren kann, beschwört mitunter fürchterliche Mißverständnisse herauf. Was ich denn spürte? Dafür benötigte ich eine ganze Menge Sätze. Sehr verehrte Ärztinnen und Ärzte, halten Sie Schriftsteller und Schauspieler aus Ihrer Praxis fern, sie bringen Sie todsicher auf eine falsche Spur.

Ob ich denn nicht auch etwas in der Brust spürte? Er hatte die Frage noch nicht ganz beendet, da begann es schon. Einen Backstein spürte ich, so einen großen rötlichen holländischen Backstein, der langsam in mich hineingeschoben wurde. Langsam, ja, aber mit großer Kraft. Dr. Kuhpah trommelte bedächtig mit den Fingern auf dem glänzenden Mahagoni. Dann beugte er sich vor und fragte: »Wann? Gestern abend? Heute auch noch?« Ich meinte, ja. Da lehnte er sich kurz zurück, den Kopf vom Heiligenschein all dieser Diplome umgeben, und sagte fast flüsternd:

»Well, Mister eh, em, Nuhtbuhm, please sit quietly now. I am afraid I have to tell you that either (von wegen amerikanisch *ie*ther: *ei*ther!) last night or this morning you have suffered a light heart attack.«

So, das saß. Aber Dr. Kuhpah war noch nicht fertig. Er hatte ein Problem. Das Krankenhaus habe keinen Kardiologen. Aber das mache nichts, keine Sorge, eine *nurse* würde kommen und mich auf eine Trage legen, und dann würde mein armes Herz per Telefon mit der Hauptstadt, Augusta, verbunden werden, und da sitze der allerkardiologischste Kardiologe, den man sich nur vorstellen könne, und der würde sich die Zackenlinien meiner abgeschlafften Pumpe ansehen und sein Urteil verkünden. Mittlerweile waren es mindestens zwei Backsteine, die in mich hineingeschoben wurden. Ich dachte noch kurz an den berühmten Kardiologen in Amsterdam, der schnell eine Schachtel Gauloises hinter seinen Büchern hatte verschwinden lassen, als ich sein Sprechzimmer betrat, aber dies war nicht der richtige Zeitpunkt für Frivolitäten. Ich hatte keineswegs vorgehabt, in Amerika zu sterben, außerdem wollte ich anschließend nach Japan. Es paßte mir also überhaupt nicht in den Kram, aber *er* hatte die Diplome, nicht ich, folglich warf ich mich schon mal in Trauer, bis die Nurse mit ihrer Trage kam. »Please relax«, sagte Dr. Kuhpah noch, aber die Nurse war von der Sorte, die einem das Herz schneller schlagen läßt, nicht so sehr eine Venus von Milo, denn die erregt einen nicht, sondern eher eine irdische Variante, deren Pracht man auch noch berühren kann. Ich versuchte, mir derlei Gedanken aus dem Kopf zu schlagen. Alles zu seiner Zeit, doch wenn die Gefahr besteht, daß man in Kürze für gar nichts mehr Zeit hat, sollte man sich den Umständen anpassen. Die Nurse fuhr mit mir davon. Das Gute daran war, daß ich sie jetzt wenigstens für eine Weile nicht mehr sehen konnte, aber ich *spürte* sie hinter mir. Resoluten Schrittes rollte sie mich in einen hellen Raum und begann, mein Oberhemd aufzuknöpfen. Das hätte sie lieber nicht tun sollen, denn dazu mußte sie sich über mich armen Sterbenden beugen, und alles wurde noch schlimmer, als sie diese wunderbaren Pflaster an mir befestigen mußte. In diesem Augenblick habe ich wohl beschlossen, den Zeitpunkt meines Todes doch noch ein wenig hinauszuzögern. Die Nurse sagte, ich sei jetzt mit der Hauptstadt verbunden, und während mein Herz vorerst noch unbekannte Signale über die großen Wälder von Maine sandte, hielt sie, aber vielleicht habe ich mir das im nachhinein ausgedacht, meine Hand, ihr goldenes Haar hing vor meinen Augen (das habe ich mir eindeutig ausgedacht), ich spürte, daß ich wieder einen Auftrag im Leben hatte, und mein Herz steuerte die dazugehörige Musik bei, ein rhythmisches *allegro ma non troppo*, das ein enttäuschter Dr. Kuhpah mir tags darauf zeigte. Absolutes, perfektes Gleichmaß, sagte er bitter. Gemeinsam betrachteten wir die Partitur, die mein Herz geschrieben hatte. Die Nurse war nicht mehr zu sehen. Beim Abschied sagte Dr. Kuhpah, während er mir das Kardiogramm überreichte: »You might as well take it with you, in case you have another attack of hysteria.« Abends am Kaminfeuer bewunderten meine Freunde die so symmetrische Melodielinie, doch von Dr. Kuhpahs Geheimwaffe habe ich wohlweislich nichts erzählt.

Doktor K., le docteur D. und ein hundertjähriger Rücken

Bis ungefähr zum dreiunddreißigsten Lebensjahr hatte ich keinen Rücken. Dann kam ich einmal mit einem Schiff der Holland Amerika Lijn aus den Staaten zurück, jemand holte mich ab, im Hafen herrschte reger Betrieb, und irgendwie blieb die Stoßstange unseres Autos an der Anhängerkupplung oder der Stoßstange eines anderen Autos hängen. Das schien mir kein Problem zu sein, sondern lediglich eine Sache des kurzen Anhebens. Daraufhin hatte ich einen Rücken, und jetzt, so viele Jahre später, habe ich ihn immer noch. Abgesehen von diesem Anheben muß es auch etwas mit Schuld und Unschuld zu tun haben. Kinder haben keinen Rücken, zumindest kann ich mich an keinen erinnern. Vielleicht hatte ich früher ja überhaupt keinen Körper. Das ist das Paradoxe daran: Einen Körper bekommt man erst dann, wenn man ihn erzürnt, was auf verschiedenerlei Weise möglich ist. Man kann ein Auto damit anheben, man kann zuviel Alkohol in ihn kippen, man kann ihn zuwenig schlafen lassen, ihn unter Druck setzen, hetzen, vernachlässigen, doch was immer man tut oder nicht tut, früher oder später präsentiert er einem die Rechnung, und dann hat man auf einmal einen Kopf, einen Magen, einen Rücken. Ich also hatte einen Rücken, und der bestimmte von diesem Augenblick an, was zu tun war. Als erstes schickte er mich zu einem Physiotherapeuten, wo ich auf einem Foltergerät gestreckt wurde. Das war der erste Racheakt. Danach tat mein Rük-

ken eine Weile so, als sei alles in schönster Ordnung, und ich durfte zurück ins körperlose Zeitalter. Aber nicht für lange, denn eines Tages wachte ich in Südfrankreich auf und kam nicht mehr aus dem Bett, oder nur verkleidet als Hundertjähriger, und so schlurfte ich Schritt für Schritt in die Praxis von Monsieur le docteur Depussé in Saint-Raphaël. Blankgebohnerter Fußboden, pompöser Schreibtisch, Messingübertopf mit Kaktus, Foto von Madame Depussé, einladende Trage (ich weiß nie, wie dieses unbettigste aller Liegebetten heißt, das in Ärztezimmern herumsteht und auf denen immer irgend etwas Unangenehmes mit einem veranstaltet wird, wobei man dann auch noch aufgefordert wird, sich zu entspannen). Auf dieses Ding durfte ich mich also legen und dann versuchen, die Beine in die Höhe zu strecken. Ich kam nicht weit. Nicht mal zwanzig Prozent, murmelte *le docteur* besorgt. Er hatte zwei Lösungsvorschläge. Entweder mindestens zwei Monate in Frankreich mit dem Bein an einem Flaschenzug (er machte eine gräßliche Zeichnung) ganz ruhig liegen, oder aber sofort nach Hause fahren, in diesem Falle habe er schmerzstillende Mittel für unterwegs. Was ich ihm nicht erzählt hatte, war, daß ich die Strecke in einem Austin Mini zurücklegen mußte, und ob es nun an den Schmerzmitteln lag oder aber am Schmerz: An jenem Tag (inklusive Nacht) habe ich den Weltrekord Saint-Raphaël – Amsterdam für Hundertjährige im Mini aufgestellt, ich weiß es noch genau, siebzehn Stunden und dreiundzwanzig Minuten, und mein Rücken hat mir das nie verziehen. Sein erster Racheakt bestand darin, daß ich drei Monate liegen mußte, ohne das Bett je verlassen zu dürfen, und das bedeutet Schmerzen und Erniedrigung. In dieser Zeit begann unser eigenartiges Verhältnis, das insofern einem echten Verhältnis gleicht, als mir ständig alles mögliche übelgenommen wird. Ich mache alles falsch. Ich habe den falschen Beruf. Ich sitze zu lange in Flugzeugen. (Rücken: Was willst du denn jetzt schon wieder in Los Angeles? Zwölf Stunden in so einem Scheißsitz!) Ich lese viel. (Rücken: Setz dich wenigstens gerade hin!) Ich mache Reisen, auf die er keine Lust hat. (Rücken: Ich will keine achthundert Stufen zu *noch* einem japanischen Tempel hinaufsteigen, und hinunter will ich schon gar nicht!) Schiefe Verhältnisse führen zu Aberrationen. Die mildeste Form ist die sogenannte Ménage-à-trois. Wenn Rücken und ich es nicht mehr miteinander aushalten, schalten sich andere ein, Chiropraktiker, Physiopriesterinnen, Masseusen, Masseure, Wärmelampen, Akupunkteure, Handauflegerinnen, Balsamierer und Brutalos in allen Winkeln der Erde. Am lebhaftesten in Erinnerung geblieben sind mir ein halbnackter Mann monströsen Umfangs in einer Folterkammer im Souterrain eines brasilianischen Hotels, der mich mit einem Wasserstrahl von meinen Leiden erlösen wollte und diesen dazu mitten durch meinen Körper lenkte (half nicht), ein nicht allzu sauberer steinalter Chinese an einem nicht allzu sauberen Bett in einer Pariser Dachkammer, der ein Ameisenheer von Nadeln in mich pikte (half nicht), sowie eine berühmte weibliche Rambo-Medica, die mich am Genick zur Schlachtbank führte und dabei flüsterte: »Ich biege Ihnen mal eben Ihr Skelett zurecht« (half nicht).

Am unvergeßlichsten jedoch war Doctor Strangelove. Ich nenne ihn so, weil ich seinen richtigen Namen nicht zu erwähnen wage, allein schon deshalb, weil es ein für einen

Arzt tödlicher Name war – auf deutsch hieße er Doktor Krebs (nicht erfunden). Es war in einer großen europäischen Stadt, und mein dortiger Verleger hatte mich zu ihm geschickt, nachdem er mich hatte stöhnen hören.

Die Praxis von Dr. K. war atemberaubend. Alles war blitzend weiß, das Mobiliar aus Neon und das Licht aus weißem Kunststoff – lassen Sie es mich so umschreiben. Um mich herum schwebte jenes mysteriöse Element: hohe Rechnung. Die Prinzessinnen, die mich in den Computer eingaben, hatten noch nie gegessen oder getrunken. Ihre Stimmen sprachen nicht, sie säuselten. Ich durfte für eine Weile in einem modernen Möbel ertrinken. Dann wurde ich zu Dr. K. persönlich hineingesogen – weißes Haar, weiße Clogs, weiße Socken, weißer Kittel, weiße Zähne. Ich kam mir sehr schäbig, schludrig und abgerissen vor. Er tat mich in einen Computer oder tat etwas an einem Computer oder sprach von einem Computer, irgend etwas an meinem gebrechlichen Körper sollte berechnet werden, Rücken würde gnadenlos zur Ordnung gerufen werden, und danach würde das neue rückenlose Zeitalter anbrechen, die neue Kindheit, die Ära wiedergewonnener Unschuld. Als ich aus der Tür schwamm, hatte ich ein Papier in der Hand, auf dem alles stand. »Das können Sie dann dem Arzt bei Ihnen zu Hause zeigen.« Er sagte es in einem Ton, als sähe er diesen Doktor im fernen Holland vor sich, jemanden in Holzpantinen, der mit einer dicken Zigarre im Gesicht auf einer Milchkanne saß.

Der Doktor in Holland hatte ein normales Zimmer mit einem Bild seiner Mutter auf dem Kaminsims. Er hatte auch keine Prinzessinnen, denn er öffnete mir selbst die Tür. Er ließ mein geplagtes Skelett sich ein wenig zur Seite neigen, sich vorbeugen, recken und strecken und nahm sich dann die Liste des berühmten Kollegen aus dem Ausland vor. Bei jedem Punkt sah er mich kurz an und sagte: »Das würde ich an Ihrer Stelle nicht machen.« Ich stimmte ihm unbesehen zu. »Gehen Sie mal zu Frau X«, sagte er dann, »die zeigt Ihnen fünf Übungen aus der Krankengymnastik, die müssen Sie jeden Tag machen.« Was ich seitdem tue. Und Rücken? Ich weiß es nicht, manchmal denke ich, Rücken hat etwas mit der Krankengymnastik, denn ich höre wenig von ihm in letzter Zeit. Ab und zu nimmt er mich noch zum Schwimmen mit, aber eigentlich habe ich das Gefühl, daß wir uns ein bißchen aus den Augen verloren haben.

Hotel Rembrandt

Es muß vor 1972 gewesen sein, aber weshalb ich mir dessen so sicher bin, verrate ich erst am Ende. Und es war in London. Wenn ich recht darüber nachdenke, gab es eine Londoner, eine Pariser und eine Berliner Zeit in meinem Leben, womit ich meine, daß ich eine Zeitlang eine brennende Vorliebe für eine dieser drei Städte hegte. Diesmal aber geht es um London, die erste ausländische Stadt, in der ich Theater sehen sollte. In der Schule hatte ich gelernt, daß es in London immer neblig ist, und das traf in alten Schwarzweißfilmen auch zu. Doppeldecker, London Bridge.

Ich hatte die Fähre nach Harwich genommen, die See war ziemlich rauh gewesen, und jetzt, am frühen Morgen, konnte ich vom Deck aus die schwachen Hafenlichter erkennen. Der Nebel war verabredungsgemäß da und verschleierte alles, so daß ich alles schön fand. Ich war noch nicht viel gereist, aber immerhin schon in Skandinavien und in Frankreich gewesen, und daß es in anderen Ländern anders zuging, war mir bereits klargeworden.

Der Bahnhof war kalt, es war sechs Uhr morgens, vom Hafen tönte noch das Nebelhorn herüber, um mich herum standen zeitunglesende Leute, kaum jemand sprach. Ich hatte einen Becher Tee gekauft, der gefährlich schwarz aussah, und bei dieser Transaktion war ich schon einmal mit *love* und einmal mit *dear* von jemandem angesprochen worden, der sich darüber wunderte, daß ich keine

Milch in diesen Todestrank wollte. Daß hier jeder so angesprochen wurde, wußte ich noch nicht, und auch nicht, daß es überhaupt nichts bedeutete, und also folgerte ich, ich sei nun wirklich woanders und hier liebe man mich. Schlagartig verliebte auch ich mich in England, und das sollte lange so bleiben. Der Zug kam, natürlich von einer Lokomotive gezogen, die sich schon von weitem mit einer Jammerklage bemerkbar gemacht hatte, die ich nur aus Filmen kannte. Das nächste Wunder war, daß jedes Abteil eine eigene Tür besaß. Ich habe keine Ahnung, wie es heute ist, in meiner Erinnerung saß ich jedenfalls auf einer Art Plüschsessel und bekam einen warmen geräucherten Fisch mit Toast zu essen und dazu wieder so eine Tasse Lethewasser. Die Landschaft draußen war unsichtbar, und daran änderte sich wenig, als wir die Stadt erreichten. Wo ich gewohnt habe, entsinne ich mich nicht mehr, nur noch, daß ich mit meinem wenigen Gepäck leicht verloren die Straße entlangging und beinahe von einem roten Doppeldecker überfahren wurde, weil ich nicht wußte, daß der Verkehr von der anderen Seite kam. Es roch nach Braunkohle, an den Straßenecken standen Menschen, die die neuesten Nachrichten mit Akzenten herausschrien, auf die mein Schulenglisch mich nicht vorbereitet hatte, die Pubs waren noch geschlossen, und als sie endlich öffneten, sah ich mich in eine Welt versetzt, auf die ich nicht gefaßt gewesen war. Ich fand alles wunderbar. Wieder Plüsch, gedämpftes Licht, Zigarettenrauch, passend zum Nebel draußen, auch hier war ich *dear* und *love*, mußte mein Getränk aber trotzdem sofort bezahlen, mit diesen komischen großen Münzen, mit denen ich mich noch nicht auskannte – wenn ich darüber nachdenke, wird mir bewußt, daß Gewöhnung einer der größten Genußverderber ist, die das Leben zu bieten hat. Die Spannung des Neuen, der vorsichtige Argwohn, mit dem man sich in einer fremden Umgebung bewegt, das alles gehört zum Aufregenden des Reisens. Ich war des Theaters wegen gekommen, wenngleich ich mich absolut nicht mehr erinnern kann, welche Stücke ich damals gesehen habe, ich weiß nur noch, ich war sprachlos, daß man in der Pause Brandy oder *gin and bitters* bestellen konnte, was es in den Niederlanden damals noch nicht gab. In der Stadsschouwburg hatte ich meine ersten Tschechow-Stücke gesehen mit Ko van Dijk und Han Bentz van den Berg, und Anouilh mit Paul Steenbergen und Fie Carelsen, die ersten Stücke von Hugo Claus mit Ina van Faassen, Ton Lutz und Hans Croiset, Theater war meine große Liebe geworden, und in den nun folgenden Jahren sollte ich regelmäßig nach London pilgern, um John Gielgud zu erleben und Peggy Ashcroft und Maggie Smith und Alec Guinness, und dann, wieder per Schiff, nach Paris reisen, um dort das gleiche zu tun und Stücke von Sartre, Jean Genet und, wieder, Anouilh zu sehen. Woher aber rührte diese plötzliche Leidenschaft fürs Theater? Wann war sie erstmals entflammt? An das Stück erinnere ich mich nicht mehr, nur an den Ort, die Stadsschouwburg in Amsterdam. Ich sehe den Saal über ein endloses Loch in der Zeit hinweg deutlich vor mir. 1951. Rote Stuhlreihen, die in den Jahren danach zu meinem Leben gehören sollten wie mein eigenes Zimmer. Ein älterer Freund hatte mich mitgenommen, ich denke, in ein Stück von Tschechow, aber um sicher zu sein, müßte ich mir den Spielplan jenes Jahres ansehen. Bühnenbilder von Nicolaas Wijnberg und Metten Koornstra, Mienen und Posen von Ank van der Moer, Guus Oster, Joan Remmelts, Ellen Vogel, Mary Dresselhuys, Mien Duymaer van Twist, durch mein Erinnern rette ich sie vor dem schrecklichen Vergessen, das diesem Beruf eigen ist, wobei Namen sich in Legenden verwandeln, die eigentlich nur denen etwas sagen, die jene Aufführungen erlebt haben. Wenn sie nicht mehr da sind, ist auch das verschwunden. In der Stille meines Zimmers höre ich Ko van Dijk, diese Stimme, die ich noch auf dem Sterbebett erkennen würde, ich sehe Ank van der Moer, die sich als Elektra in den eigenen Arm beißt – doch wem sollte ich das erklären? Noch keine Zwanzig war ich bei jenem ersten Mal, und ich erinnere mich an den Augenblick, als wir wieder draußen auf dem Leidseplein standen. »Hier«, sagte ich mit der grotesken Übertreibung meines damaligen Alters, »hier wird binnen fünfzig Jahren ein Stück von mir gespielt.« Mein Begleiter lachte über soviel dreisten Unsinn, aber ich hatte mich lediglich in der Zahl geirrt. Es sollte nicht fünfzig, sondern nur fünf Jahre dauern, bis mein erstes und einziges Bühnenstück in diesem Theater gespielt wurde. Es hieß *De Zwanen van de Theems* (Die Schwäne der Themse) und darf, so habe ich verfügt, nie wieder aufgeführt werden, aber ich bin heute noch froh, daß es damals dazu kam. In den Rollen Ellen Vogel, Mien Hamel, André van den Heuvel, der alte Joan Remmelts und die noch viel ältere Jacqueline Royaards-Sandberg, damals bereits über Neunzig, atemlos muß ich zugesehen haben, wie aus Figuren, die ich mir auf Papier ausgedacht hatte, plötzlich lebendige Menschen wurden. Die Kritiken waren nicht einmal schlecht, das Stück lief zweiunddreißigmal, wurde später noch von Dimitri Frenkel Frank fürs Fernsehen vom schlimmsten Pathos befreit, doch mit meiner Theaterkarriere war es vorbei. Das Manuskript meines nächsten Stücks wehte der Sturm vom Fahrrad des Dramaturgen der Toneelgroep Centrum in die Gracht. Es hatte, wenn ich mich recht entsinne, *De Spaanse smokkelaars* (Die spanischen Schmuggler) geheißen. Von dem einzigen Stück, das ich danach noch geschrieben habe, traue ich mich nicht einmal den Titel zu nennen, und außerdem kann ich es auch nirgends mehr finden. Es spielte in der Schweiz, und es kam ein Nobelpreisträger darin vor und jemand, der im Krieg (ein wenig) auf der falschen Seite gestanden hatte, aber ansonsten wollen wir es unter der gnädigen Asche der Vergangenheit ruhen lassen, da liegt es gut.

Meiner Liebe zum Theater und zu Schauspielern tat das indes keinen Abbruch. Ich hatte gelesen, daß entweder Voltaire (von dem auch nie mehr ein Stück aufgeführt wird, ich befinde mich also in guter Gesellschaft) oder Molière gesagt haben soll, Schauspieler hätten keine Seele und dürften daher nicht in geweihter Erde beigesetzt werden. Vielleicht ist es ja gerade das, was mich an ihnen so fasziniert. Keine Seele kann auch bedeuten, daß sie nicht nur eine besitzen, sondern eine ganze Reihe, die Seele Hamlets und die des eingebildeten Kranken, die von Onkel Wanja und die von Shylock, daß sie all die verschiedenen Personen in sich vereinigen, dadurch wesentlich vielschichtiger sind und so der peinlichen Eindimensionalität des Lebens der meisten Menschen entgehen. Andererseits fällt es bei den Vollblutschauspielern schwer, Schein und Wirklichkeit auseinanderzuhalten. Jemanden, der gestern noch als King Lear getobt hat, kann man nicht gleich ernst nehmen, wenn er sich mit einem über die problematische Parksituation in Amsterdam unterhalten will. Durch den besorgten Mitbürger hindurch sieht man den wahnsinnig gewordenen König, was das Gespräch nicht einfacher macht. Man kennt all ihre Manierismen, die sie auch in einem Alltagsgespräch nicht einfach ablegen können, man würde sie im Dunkeln blind an ihrer Stimme erkennen, selbst wenn sie über Steuern sprächen, das heißt, ganz normal wird der Umgang mit ihnen nie. Selbst im Schlaf könnte einen so eine Stimme in Verwirrung versetzen, und genau das passierte mir im Hotel Rembrandt in London.

Vielleicht hatte ich *The Recruiting Officer* mit Maggie Smith gesehen oder *The Hostage* von Brendan Behan unter der Regie von Joan Littlewood, ich weiß es nicht. Jedenfalls hatte die »Aktion Tomate« mich noch nicht mitsamt allen meinen geliebten Schauspielern aus dem Theater gejagt, ich unternahm nach wie vor meine alljährliche Pilgerreise zu den Londoner und Pariser Theatern, zu denen sich zwanzig Jahre später noch die Berliner Bühnen gesellen sollten. Nach der Vorstellung war es spät geworden und alkoholisch, und so wollte ich nicht schon vor sechs mit den *agricultural news* aus dem Nebenzimmer geweckt werden. Der Tagespreis von Schweinebauch und Kalbsschnitzel schallte durch die gnadenlos dünne Wand, es dauerte etwas, bis mir klar wurde, daß dies kein Alptraum war, sondern gräßliche Realität, ich schrie und hämmerte an die Wand, doch Weizen, Roggen und Hafer schrien genauso laut zurück, so daß mir nichts anderes übrigblieb, als die Rezeption anzurufen. Um welches Zimmer es denn gehe, wollte man wissen, und das ist nicht so einfach zu sagen, denn wenn man selbst Zimmer Nummer 241 hat, kann man sich nicht sicher sein, ob das Zimmer rechts daneben ebenfalls eine ungerade Zahl trägt, und selbst wenn, könnte es ebensogut die 243 wie die 239 sein, das heißt, man muß aus dem Bett, und dann geht es erst richtig los.

Als ich wieder im Bett lag, hörte ich durch den Lärm des Radios und die Preise von Gänsen, Puten und Hühnern im Nebenzimmer das Telefon läuten, mit diesem unverwechselbaren Ton, den nur englische Telefone haben. *Pring pring, pring pring, pring pring, pring, pring*, nein, es war kein Wunder, daß derjenige, der da schlief, mein wütendes Gehämmer nicht gehört hatte, aber als sie (es war eine Sie) den Hörer dann endlich abnahm und mit dieser durch und durch vornehmen Stimme nichts weiter als HELLO-O rief, wußte ich, die Stimme kennst du! Mit Buchstaben läßt sich ein bestimmter Akzent nicht wirklich gut wiedergeben, jedenfalls entspann sich auf der anderen Seite der Wand ein absurdes Hörspiel. I AM SORRY, I CAN'T HEAR YOU!, nein, kein Wunder, WHAT'S THAT YOU'RE SAYING. WHAT!! LET ME PUT MY RADIO DOWN. Stille, Schweigen der Schweinebäuche. Dann ein Entsetzensschrei. UH-UH-UH, I AM AWFULLY SORRY! (Ich kenne diese Stimme, ich kenne diese Stimme.) PLEASE TELL THE GENTLEMAN I AM AWFULLY SORRY!! Stille. Schlurfende Schritte. Dann PLUMPS. Ein schwerer Gegenstand, der ins Wasser fällt? Wieder PLUMPS. Dann sehr laut PLUMPS, etwas noch viel Schwereres. Gemurmel. Dann einzelne, heftig artikulierte Sätze. IF THAT'S WHAT YOU THINK YOU MUST BE MAD. Stille. NO INSPECTOR. Stille. HAHA.

An diesem Punkt kapitulierte ich. Schlafen hatte keinen Sinn mehr. London um sieben Uhr morgens ist auch sehr schön, dann eben verkatert auf die Straße. Irgendwo gibt's bestimmt so eine Tasse Totenwasser, wie damals. Aber die Stimme läßt mich nicht los. Sogar während des Rasierens höre ich sie. Ich weiß, wer es ist, aber der dazugehörige Name will und will sich nicht einstellen, der fällt mir erst ein, als wir im selben Moment aus unseren Zimmern treten. Sie mit einem riesigen Samtbarett auf diesem Irrsinnskopf, der dem einer seltenen Hunderasse gleicht, in einem weiten, mit riesengroßen aufgesteppten Samtkaros verzierten Cape aus grünem Tweed. GOOD MORNING! schmettert sie, Miss Marple, Margaret Rutherford. Die aus *Murder Most Foul* und *Murder She Said*, ebendie, die vom Zug in Paddington Station aus den Mord im anderen, gerade vorbeifahrenden Zug sieht. Und natürlich will ihr niemand glauben, und natürlich fängt sie an, entlang den Gleisen zu schnüffeln, und natürlich liegt in der Nähe ein Landhaus, und natürlich tritt sie da eine Stelle an (oh, dieses weiße Spitzenschürzchen und dieses weiße, mützenartige Krönchen auf dem riesigen Kopf), und natürlich entlarvt sie den Mörder. Ich folge ihr die Treppe hinunter, und wer steht da anderes als Mr. Stringer, der bei Agatha Christie nirgends vorkommt, auf Margaret Rutherfords Geheiß aber in alle Filme hineingeschrieben wurde, weil er ihr Mann war. GOOD MORNING, MY DARLING, schreit sie, und er, am Fuße der Treppe, setzt schon zu einem

Handkuß an, als sie noch auf der achten Stufe steht. Jetzt wird mir alles klar. PLUMPS hört man, wenn sich jemand in die Badewanne setzt, die einzelnen Sätze stammten aus einem Theaterstück, das sie auswendig lernen muß, die Pausen dazwischen waren für den nicht anwesenden Gegenspieler reserviert. Sie hatte mich beim Schlafen gestört und ich sie beim Lernen in der Wanne. Der Wind bauscht das Cape hoch auf, und ich sehe ihr nach, wie sie beschwingten Schrittes entschwindet, speichere es im Palast meiner Erinnerung, Abteilung Theater, Unterabteilung London, und trete als glücklicher Mensch auf die Straße.

Der Hund des amerikanischen Doktors

Meine erste Provence war eine geschriebene. Das ist ganz buchstäblich zu verstehen: Ich habe über die Provence gelesen und geschrieben, bevor ich einen Fuß dorthin gesetzt habe. Meine allerersten Reisen führten mich nicht in den Süden, der später zu meiner zweiten Heimat werden sollte, sondern in den Norden, der mir im Grunde immer wesensfremd geblieben ist. Es war im Jahr 1953, die Spuren des Kriegs waren noch längst nicht verschwunden, ich erinnere mich an das Leben als grau, eine Zeit des Wiederaufbaus und rigider, noch aus der Vorkriegszeit überkommener Strukturen, des Provinzialismus, des hierarchischen Denkens in Kirche wie Politik – diese Bomben sollten erst in den sechziger Jahren hochgehen. Der Kalte Krieg war tatsächlich kalt, und diese Kälte hatte sich, unter der ständigen Bedrohung durch die Atombombe, in die Seelen der Menschen gefressen. Entkolonialisierung, halbe Erdteile, die sich von ihrem Mutterland lösten, die letzten bitteren europäischen Kriege in Indochina, Indonesien und Algerien, die ersten Machtkonflikte einer geteilten Welt in Budapest, Berlin, Korea – nein, es waren keine angenehmen Zeiten, als ich, neunzehnjährig, durch die ungeheuren Weiten des Nordens trampte, und dennoch war diese Reise über einen Umweg der Anlaß zur Entdeckung des Südens. Seit jener Zeit weiß ich, daß es nur einen Kompaß gibt, dem man trauen sollte, und der steckt in einem selbst. Wer sich reisend auf die Suche nach dem Unvorhergesehenen begibt, ohne wirklich damit zu rechnen, wird nie ganz enttäuscht. Damit meine ich nicht die großen Ereignisse, eher das Gegenteil, einen Blick, einen Satz, ein Bild, einen Gedanken, der etwas an deinem inneren Räderwerk verschiebt, wodurch später, vielleicht erst viel später, etwas geschieht oder klar wird, das dein Leben für immer prägt. Wo das französische Mädchen geblieben ist, das ich 1953 im hohen Norden traf, weiß ich nicht. Ihr ist mein erstes Buch gewidmet, doch ihre Spur habe ich verloren; und trotzdem, wenn ich, wie erst vor kurzem, an einem herbstlichen Abend durch die provenzalischen Weingärten meines Freundes M. spaziere und in der Ferne den beinahe schwarzen Schatten des Mont Ventoux am Himmel sehe, dann muß ich an sie denken und an das Buch, von dem sie mir erzählte und das die Idee der Provence für immer in meine Seele gebrannt hat. Das sind große Worte, und große Worte passen nicht in kahle Zeiten. Andererseits wüßte ich nicht, wie man mit kleinen Worten über das Land sprechen sollte, das Petrarca von ebendiesem Mont Ventoux aus vor sich liegen sah. Doch ich will die Geschichte der Reihe nach erzählen. Das Buch, von dem das Mädchen sprach, hieß *Le Mas Théotime* und stammte von Henri Bosco. Wie gut mein Französisch damals war, ist mir nicht mehr erinnerlich, wohl aber die eigenartige Verzauberung, die mich gleich bei den ersten Zeilen erfaßte. »En août, dans nos pays, un peu avant le soir, une puissante chaleur embrasse les champs …« Heute weiß ich, welcher Akzent zu diesen Worten gehört, eine musikalische Variante des Französischen, die unlösbar mit der Hitze verbunden ist, die hier beschrieben wird. Der Hitze, dem Lavendelduft, der düsteren Form der Zypressen, dem unaufhörlichen Schnarren der Grillen, dem Alter der Olivenbäume, dem blauen, intensiven Schimmer der endlosen Rebenreihen in der Ferne, den vor den Impressionisten keiner so zu malen wagte. Eine solche Hitze hatte ich noch nie erlebt, ich war noch nie so weit im Süden gewesen, und dennoch spürte ich sie. Ich saß in dieser *métairie*, dem Bauernhof, und spürte, wie die Hitze das Haus von allen Seiten umschloß, und wußte, daß einem nichts anderes übrigblieb, als auf den Abend und die erlösende Kühle der Nacht zu warten. *Mas* heißt ein solches Haus in der Provence, und dieses kurze, steinerne Wort drückt genau aus, was es ist: ein Bollwerk gegen die Kälte des Winters und gegen die Hitze des Sommers. Die Handlung des Buchs, eine Liebesgeschichte, ist in mir versickert, geblieben sind die Atmosphäre, der Schreibstil, der Geist der Provence. Dort mußte ich hin, war mir von der ersten Seite an klar. Und weil ich jung war, würde die Welt dort so sein, wie sie in diesem Buch beschrieben war. Die Dorfkneipe mit den Platanen, die Traubenernte, die flimmernden Mittagsstunden, alles. Heute, so viele Jahre später, weiß ich nicht mehr, was ich dazuersonnen habe, ich weiß nur, daß sich das *Bild* der Provence für mich im Kern nie mehr verändert hat. Natürlich gibt es dort mittlerweile Supermärkte und High-Tech-Industrie, und die Landschaft entlang den Straßen in der Gegend von Avignon und Nîmes gleicht mit ihren Reklameschildern eher dem amerikanischen Westen als der Welt der fünfziger Jahre, aber ich kann noch immer die Orte finden mit dem Donnerstagsmarkt, mit den kirschäugigen Frauen, mit dem Platz, wo die Boulekugeln gegeneinanderklackern und alte Damen sich zum Geplätscher eines Springbrunnens, der natürlich unter Platanen steht, dieselben Geschichten wie damals erzählen.

Einer dieser Orte ist das Dorf, in dem mein Freund M. wohnt, der ein *mas* hat, wie ich es einst in diesem Buch von Henri Bosco beschrieben fand, ein altes provenzalisches Bauernhaus in den Farben der untergehenden Sonne, ein Haus, in das ich regelmäßig und zu allen Jahreszeiten zurückkehre. Es steht allein, ist auf allen Seiten umgeben von Weingärten, in der Ferne liegt der Mont Ventoux, und wenn man ihm den Rücken zuwendet, sieht man, ebenfalls in der Ferne, den kleinen Turm der Dorfkirche. Es ist nicht groß, dieses Dorf, es hat schmale, gewundene, uralte Straßen, an denen Häuser mit mittelalterlichen Kellern und schweren Mauern liegen, die von dem Leben, das dahinter gelebt wird, wenig preisgeben. Durch dieses Dorf schlängelt sich die Straße, die von Carpentras nach Villes-sur-Auzon und Sault führt. Es gibt eine Kneipe, die Le Siècle heißt, ein Postamt, eine Crédit-Agricole-Bank, ein *maison de la presse*, in dem man den *Nice-Matin* und den *Provençal* kaufen kann, ein Maklerbüro, in dem sämtliche verlockende Häuser der Umgebung aushängen; am Eingang des Dorfs liegt, etwas zurückversetzt, das Rathaus an einem Platz, auf dem manchmal ein Pferdemarkt abgehalten wird, und am anderen Ende führt ein kleiner Weg zu einer Reihe düsterer Sarkophage, die an die Alyscamps in Arles erinnern, denn auch hier haben die Römer ihre Spuren und ihre Toten hinterlassen. Irgendwo im Hintergrund, als schäme sich das Dorf dessen ein wenig, steht das Schloß des Marquis de Sade, doch der Gedanke an seine einfallsreichen Foltermethoden ist verflogen, es ist nichts weiter als ein verlassener quadratischer Kasten, der auf einen neuen Bewohner ohne Angst vor den Spukgestalten unschuldiger, gequälter Mädchen wartet, die möglicherweise nur auf dem Papier existiert haben. Ein kleines Museum, ein Denkmal für die Gefallenen des Ersten Weltkriegs, junge Franzosen, die nie wissen werden, wie sich ihr Dorf verändert hat und dennoch es selbst blieb. Es ist nicht berühmt, mein Dorf, es steht nicht im Grünen Michelin, hat keine besonderen Attraktionen, es ist, was es ist, ein Dorf in der Provence, eine Ansammlung von Häusern rund um eine Kirche in einer Weingegend; es hat einen Bürgermeister und einen stellvertretenden Bürgermeister, es hat eine Gendarmerie, und es hat einen Hund, der zur Gendarmerie gehört. Und davon handelt diese Geschichte im Grunde, von diesem Hund und von meinem tschechischen Freund aus Amerika, einem Arzt und Arzneimittelerfinder, einem Mann, der bibliophile Bücher herausgibt und, mit einem Labor in Kalifornien und einer Fabrik in Prag, zwischen den Kontinenten hin und her vagabundiert, einem Mann, der einst als junger Offizier im Kofferraum eines Autos aus seinem kommunistischen Vaterland geflohen ist, in Dänemark Medizin studiert hat, Professor in Los Angeles geworden ist, mindestens sechs Sprachen spricht und von Zeit zu Zeit in diesem provenzalischen Dorf einfällt und sich sogleich in einen echten Winzer verwandelt, bis er genauso plötzlich wieder in eine seiner anderen Gestalten schlüpft und in die dazugehörige Welt aufbricht – das Schicksal, wie er selber sagt, des ewigen Exilanten.

Zu Fuß gelangt man vom Dorf aus auf einer schmalen Landstraße in ungefähr zwanzig Minuten zu der Abzweigung, die zu seinem Haus führt, die Stelle ist durch eine quadratische Säule mit einem gußeisernen Kreuz obendrauf bezeichnet, das mein Freund zur großen Freude des alten Bauern, von dem er das Haus gekauft hat, wieder zu Ehren gebracht hat. An diesem Kreuz beginnt die Auffahrt, entlang der er Zypressen gepflanzt hat, die in hundert Jahren lange Schatten über den Sandweg werfen werden. Links und rechts vom Weg die Weinstöcke, im Spätsommer mit schwarzblauen kleinen, festen Trauben, die einen Wein liefern, der einem gerade in die Augen blickt und von diesen anderen, großen Weinen nichts wissen will, die hochmütig durchs Leben stolzieren. Dann sitze ich mit meinem Freund und dem *adjoint-maire*, der sich schon ein Leben lang um diese Felder kümmert, unter dem Maulbeerbaum, und aus Flaschen ohne Etikett schenken wir den blauroten Wein aus, der nie versiegt.

Zu Füßen meines Freundes liegt, stets wachsam, ein Deutscher Schäferhund, der jeder seiner Bewegungen folgt, aufsteht, wenn er aufsteht, als wäre sie (es ist ein Weibchen, wenngleich mir diese Vorstellung immer etwas schwerfällt) durch eine unsichtbare Leine mit ihm verbunden. Ich bin kein Hundemensch, sondern ein Katzenmensch, folglich mußte ich mich erst ein wenig an dieses physische und zugleich mystische Band gewöhnen, aber jetzt akzeptieren wir uns. Ich respektiere ihre merkwürdige Zweisamkeit und wechselseitige Sklaverei, nicht zuletzt, weil ich weiß, wie es dazu gekommen ist. Eines späten Sommernachmittags hatte der *adjoint-maire*, unter ebendiesem Maulbeerbaum, meinem Freund von den immer häufigeren Einbrüchen und von Menschen erzählt, die in den dichten Wäldern des Mont Ventoux spurlos verschwunden waren. Der Chef der örtlichen Polizei, die hier *les gardes champêtres* genannt wird, bestätigte dessen Worte und fügte bedauernd hinzu, der Polizeihund des

Corps habe den Geist aufgegeben und die Gemeindekasse erlaube es nicht, einen neuen zu kaufen. M. fragte, was für ein Hund es gewesen sei. Ein Deutscher Schäferhund. Das bescherte ihm unangenehme Assoziationen, zum einen mit einem früheren Einwohner Berchtesgadens, zum anderen mit einem Cousin, der bei einem Fluchtversuch über die tschechische Grenze von solchen Hunden in Stücke gerissen worden war. Außerdem war M. bekannt, daß diese Hunde durch Überzüchtung an Hüftdysplasie leiden. Andererseits gab es, erfuhr er, in Böhmen, das heißt seinem eigenen Land, einen hervorragenden Züchter. Dieser Mann hörte auf den Namen Kaninchen, und die Hunde, die er ausbildete, waren Exemplare von unhündischer Perfektion, woraufhin mein Freund beschloß, einen für das Dorf zu kaufen. Jedes provenzalische Dorf hat seinen exzentrischen Ausländer, der später in die Dorflegende eingeht, da würde »le chien du docteur américain« keine Ausnahme bilden. Doch so einfach war es nicht, denn nachdem M. den Hund gekauft hatte, entstand eine Situation, die offenbar nur Hundepsychiater verstehen können. Was immer mein Freund versuchte, der Hund, Fula genannt, wollte ihn im wahrsten Sinne des Wortes nicht mehr aus den Augen lassen, keine Sekunde, so daß man eher den Eindruck bekam, der Hund hätte *ihn* gekauft, als umgekehrt. Bei Menschen würden wir dies vielleicht als Liebe bezeichnen. Wie dem auch sei, M. fuhr zurück zu Herrn Kaninchen, um ihn zu fragen, was er mit einem Hund anstellen solle, der mit in die Duschkabine wollte, unter dem Bett schlafen mußte und ihn vor dem Pfeifen des Teekessels beschützen wollte. Meisterzüchter Kaninchen erklärte ihm, daß es sich hier um einen seltenen Fall von hündischer Theologie handele, etwas, das er in seinem langen Hundetrainerdasein selbst erst wenige Male erlebt habe. Seine Erläuterung lief darauf hinaus, daß die Hündin M.s »Chemie« (meinetwegen könnte man hier genausogut »Seele« sagen) aufgenommen und beschlossen habe, in ihm »den Anführer ihres Rudels« zu sehen, eine Situation, an der sich nichts mehr ändern ließe. Wenn er sie allein ließe oder gegen einen anderen Hund eintauschte, würde sie in eine Depression fallen, nicht mehr fressen und wahrscheinlich sterben. Für den Züchter war sie in diesem Zustand nichts mehr wert, und so nahm M. sie wieder nach Frankreich mit, wo der Chef der *gardes champêtres* schon sehnsüchtig wartete. Aber was hat man von einem Hund, der vor Liebeskummer stirbt, anstatt Kokaindealer aufzuspüren? Der Polizeichef warf *einen* Blick in die Hundeaugen und wußte sofort: Diese Hündin durfte und konnte nicht mehr von ihrem Herrn getrennt werden, sie würde, wie dieser, zwischen den Kontinenten hin und her jetten müssen, und das Dorf bliebe weiter ohne Wachhund. Die tragische Situation hielt an, bis Herr Kaninchen aus dem fernen Böhmen anrief und sagte, er habe einen neuen Hund, dieses Mal ein Männchen, das auf den Namen Hir höre, einen Namen, der auf tschechisch wahrscheinlich etwas Furchterregendes bedeutet, denn Hir war kein Männchen, sondern ein ausgewachsener Mann, ein beängstigend aussehender, wolfsähnlicher Rüde, dazu geboren, Verbrecher zu jagen. Und so geschah es. Eine Delegation der Gemeindeverwaltung begab sich mit Freund M. zum Flughafen von Marseille, Hir begrüßte Monsieur le Maire und den *adjoint-maire*, verliebte sich in Fula (mittlerweile haben sie einen Sohn namens Athos) und wurde schon bald zum Schrecken sämtlicher Räuber, Einbrecher und Kokaindealer.

Geschichten machen schnell die Runde in der Provence, schon bald war bekannt, daß der Hund, den Monsieur le docteur américain der Gemeinde geschenkt hatte, eine Heldentat nach der anderen vollbrachte, sein hündisches Foto erschien in der Zeitung, er wurde sogar dekoriert, und das Dorf hatte eine weitere Legende.

Monsieur le docteur américain, der eigentlich noch immer Tscheche ist, wurde inzwischen restlos eingebürgert. Wie ein echter Provenzale schreitet er durch seine Weingärten, gefolgt von seinem Schatten Fula, der Braut von Hir und Mutter von Athos. Und so kann es geschehen, daß wir an einem schönen Sommertag, wenn es nicht zu heiß ist, die Sonne aber schon über die Felder rollt, in einer großen Gesellschaft an der langen Tafel unter dem Maulbeerbaum essen. Der Tisch biegt sich unter all dem, was wir am Morgen auf dem Markt in L'Isle-sur-la-Sorgue gekauft haben, Oliven, nach Thymian und Rosmarin duftende Lammkeule, Ziegenkäse in Asche und Ziegenkäse in Kräutern, Pastis und natürlich Wein, der geradewegs von den Weinstöcken in die Kannen zu fließen scheint. Die Hunde liegen unter dem Tisch und träumen, daß es immer so bleiben wird, und wenn ich dann später den *adjoint-maire* seine Geschichten erzählen höre und den Chef der *gardes champêtres* mit Blaulicht in prachtvollen Schlangenlinien die Auffahrt hinunterfahren sehe, die ganze Familie im Dienstwagen, dann befinde ich mich wieder in der Welt von Giono und Bosco, der Welt des südlichen Lichts, einem mythischen Landstrich, der sich an solchen Tagen als einer der Vorräume zum Paradies präsentiert, und dann weiß ich wieder, warum ich mich vor mehr als fünfzig Jahren, als ich die ersten Seiten von *Le Mas Théotime* las, in meinem kalvinistischen und vom Krieg verdüsterten Norden so sehr nach dieser Welt gesehnt habe.

INTERMEZZO II

Begegnung in Recanati

Manche begeben sich auf die Reise zu Freunden, andere zu einer Erinnerung, einem Gemälde, einer Landschaft, hie und da pilgert jemand sogar zu einem Gedicht.* Nun ist es natürlich nicht so, daß es Landkarten von Gedichten gäbe, obwohl es nicht mal so schwierig wäre, eine anzufertigen. Manche Gedichte beschreiben Orte, von anderen wissen wir, wo sie entstanden sind, der wahre Liebhaber wandert mit Petrarca auf den Mont Ventoux hinauf, spaziert Arm in Arm mit Shelley durch Neapel, hat Homer bei sich auf Ithaka und denkt an den Ufern des Tejo an Slauerhoff.

Ähnlich verhielt es sich auch mit dem einsamen Reisenden, der sich in einem viel zu leichten Regenmantel an einem eiskalten Januartag in dem etwas düsteren Hotel La Ginestra in Recanati einquartierte, einem der wenigen Hotels der Erde, die nach einem Gedicht benannt sind. La Ginestra, der Ginster. Das Mädchen an der Rezeption schrieb ihn ein als Michael Krüger, und da dies kein Krimi ist, gehen wir davon aus, daß es der richtige Name des späten Gastes ist. Bei der Frage, was sie als Beruf eintragen solle, schien er kurz zu zögern, als müsse er etwas überwinden, sagte dann aber doch ziemlich laut: *poeta*. Das ungewöhnliche Wort rollte durch die leere Lobby, und das Mädchen, das vor kurzem einen Naturfilm über aussterbende Tiere gesehen hatte, erinnerte sich später, daß sie gedacht hatte, der freundliche Herr vor ihr habe ein wenig Ähnlichkeit mit einem Dachs, dem Tier, das ihr in diesem

Film so sehr gefallen hatte, und sei es nur deswegen, weil es sehr scheu war und man es eigentlich nie zu Gesicht bekam. Der einzige andere Dichter, den sie je gesehen hatte, stand als Statue in der Mitte des Platzes vor dem Rathaus, und wenn dieser auch nicht einem Dachs glich, gab es – mal davon abgesehen, daß das Standbild mehr Haare hatte, aber dieser Dichter war auch nicht so alt geworden – doch eine gewisse Ähnlichkeit.

Sie führte den Gast in sein Zimmer. Viel Gepäck hatte er nicht, eine Tasche mit Kleidung und sonst nur eine Plastiktüte mit Büchern, die er gleich auf den kleinen Schreibtisch legte. Sie wollte ihm noch zeigen, wie der Fernseher funktionierte, doch er winkte ab, das sei nicht nötig. Während sie aus dem Zimmer ging, warf sie einen flüchtigen Blick auf die Bücher, die er aus der Tüte genommen hatte, und sah auf dem Umschlag des obersten Buches den Namen des Dichters, den das Standbild darstellte. An der Tür sagte sie noch, die Küche schließe in Kürze. Die beiden anderen Gäste, zwei Handelsreisende, saßen bereits am Tisch, als er hinunterkam. Er bestellte eine Karaffe Wein, die er ziemlich schnell leerte, und fragte, was hier so köstlich rieche. Das Mädchen erklärte ihm, es handele sich um eine Wurst aus dieser Gegend, die der Länge nach aufgeschnitten und mit der Schnittfläche nach unten über einem Holzkohlenfeuer gegrillt werde. Eine Vorspeise wollte er nicht, wohl aber Penne all'arrabbiata und danach die Wurst, deren Namen er in einem Büchlein notierte. Nach dem Essen nahm er einen Espresso und einen Grappa, fragte, bis wann er noch ins Hotel komme und ob sie eine Karte von Recanati habe. Die hatte sie an der Rezeption, und während sie danach suchte, sah sie, wie er unter den

Ansichtskarten ein paar aussuchte, das Standbild und das Palais, in dem der Dichter gelebt hatte und in dem, wie sie sagte, die Familie noch immer wohne. Hier hat sich in den letzten zweihundert Jahren nicht viel verändert, wollte sie noch hinzufügen, doch da hatte er schon ein paar von diesen weißen Karten mit all den Gedichten in der Handschrift des Dichters gekauft, die sie in der Schule noch hatten lernen müssen. Spitz war diese Schrift, mit altmodischen Schnörkeln, sie war froh, daß niemand ihr so schrieb. Er kaufte *Billio* und *Le ricordanze* und natürlich auch *L'infinito*, das sie noch auswendig hatte lernen müssen. Warum sie ihm das erzählte, wußte sie nicht, es war heraus, ehe sie sich's versah. Er lachte, und jetzt glich er mehr denn je diesem Dachs, den sie im Fernsehen gesehen hatte, das Gesicht nach vorn zulaufend, die Augen, die sie sehr intensiv ansahen, ziemlich dicht beieinander, aber sehr freundlich. Sagen Sie's mal auf, sagte er, und als sie errötete und den Kopf schüttelte, forderte er sie noch einmal auf.

»Ich kann's nicht mehr«, sagte sie.

»O doch«, antwortete er, »dieses Gedicht vergißt man nicht. Es macht doch nichts, es ist niemand da«, und so hatte sie es aufgesagt, leise, während gleichzeitig irgendeine blöde Talkshow lief. Aber das schien ihn nicht zu stören, er hatte sehr aufmerksam zugehört und sachte den Kopf bewegt, woraus sie schloß, daß er das Gedicht ebenfalls kannte, obwohl er Deutscher war.

Als er ins Freie trat, sprang ihn der Wind an. »Wie ein Mensch«, dachte er, aber es war zu kalt, um es zu notieren. Er bog in die Via Calcagni. Wenn er sich hinter der Augustinuskirche nach rechts wende, hatte sie gesagt, und dann die Via Roma immer geradeaus gehe, komme er von ganz allein zur Casa Leopardi. Manche Dichter, dachte er, hatten glückliche Namen, Namen, die bereits etwas bedeuteten, bevor man auch nur ein Wort geschrieben hatte. Wer hätte nicht gern einen Leoparden im Umkreis seiner Gedichte, ein wildes, gefährliches Tier, das jeden Moment hinter diesen bitteren und melancholischen Versen hervorkommen konnte. Er dachte an das Mädchen und wie sie das Gedicht aufgesagt hatte.

Sempre caro mi fu quest'ermo colle,
E questa siepe, che da tanta parte
Dell'ultimo orizzonte il guardo esclude …

Worin nur bestand der Zauber mancher Verszeilen? Warum blieben einem manche in eine bestimmte Ordnung gebrachte Wörter ein Leben lang im Gedächtnis und andere nicht? Michael Krüger war nicht nur Dichter, sondern auch Verleger und außerdem Herausgeber einer Zeitschrift, die viel Lyrik publizierte, doch selbst der tägliche Umgang mit Poesie hatte das Rätsel nicht lösen können. Es gab einen Unterschied zwischen einer Kategorie wie »schön« oder »innovativ« oder »rätselhaft« und jener anderen Eigenschaft: »unvergeßlich«, und aufgrund dieses Unterschieds wußte man, daß Verfall und Vergänglichkeit diesen Zeilen nichts anhaben könnten, diese Verse nie mit Schimmel überziehen würden. Man wußte, solange es Sprache gebe, würde, was auch immer geschehe, irgendein Mund diese Worte aussprechen, ob sie nun von Sappho, Dante, Baudelaire stammten oder, wie in diesem Fall, von Leopardi.

Er ging, wie ihm das Mädchen gesagt hatte, an der St. Vitus-Kirche vorbei und sah, ohne zu sehen, die hohen, gedrehten Doppelsäulen neben dem Eingang, die sich später in einem seiner Gedichte wiederfinden würden.

Überall war es still. Kein Mensch weit und breit, kein Licht hinter den Fenstern. Er fragte sich, wie es zu Leopardis Zeit gewesen sein mochte. Eine noch tödlichere Stille in dieser Stunde der Nacht. Vor seiner Abreise hatte er die Biographie von Iris Origo noch einmal gelesen, über das unendlich traurige und einsame Leben des Dichters, eingesperrt in diesem Provinznest, das er haßte, sich nach der Welt sehnend, in der Bibliothek studierend und schreibend wie eine Spinne in ihrem Netz, zwischen den Abertausenden von Büchern, die sein strenger, stets schwarz gekleideter Vater, Graf Monaldo Leopardi, zusammengetragen hatte, in dieser noch intakt gebliebenen Bibliothek, die er, Krüger, am nächsten Tag besuchen würde. Alles war Leopardi an diesem Ort, denn jetzt kam er am Palais der Antici vorbei, der Familie seiner Mutter Adelaide, die sich selbst nach dem Tode des Dichters nicht über seinen Ruhm freuen konnte, eine Frau von verbissener Frömmigkeit, die ihre Kinder genauso kurzhielt wie ihren Mann und, einer Familie entstammend, die sich von höherem Adel wähnte als dem der Leopardis, sich nichts von der Ehe mit dem verarmten Grafen erwartet hatte, der sein ganzes Geld für Bücher ausgab.

Wie macht man Dichter? Während seine Schritte auf der totenstillen Straße die Sekunden wegtickten wie eine Uhr, dachte er an sein eigenes, manchmal so atemloses, turbulentes Leben und wie er darin die Stille zu finden versuchen mußte, die jenen anderen Dichter bis zum Ersticken umgeben hatte. Verfallen war es nun, das Haus der Antici, die Fensterrahmen ohne Farbe. Er las die Inschrift *Date Pauperibus / Timete Deum / Nimis Usque Nocet*, Gott, die Armen und der verderbliche Überfluß, die knickerige Moral, die dem Jungen auf dem Wege über die Mutter wie Stacheldraht um die Seele gebunden war, eine endlose Jugend lang, eine Moral, der er nie zu entrinnen vermochte. Und dennoch, wäre er nicht gewesen, wüßte niemand mehr, wer die Antici waren. Aber er dachte auch: Es gibt kein Rezept für Poesie. Im fahlen Schein einer Laterne studierte er die Karte, die das Mädchen ihm gegeben hatte. Hier irgendwo mußte es doch sein. Eine leichte Biegung, dann die Via Leopardi. Hier also. Ein hohes, breites Ziegelsteingebäude mit großen, schmucklosen Toren. Drei Stockwerke, ein eiserner Balkon. Pilaster, grüne Fensterläden, irgendwo oben der flüchtige Schein von fernsehfarbenem Licht, da las jemand nicht, sondern sah fern. Das Gebäude schien riesig. Er konnte es nicht mit der angeblichen Armut in Einklang bringen. Dies war eine Burg. Es drückte Absonderung aus, Distanz. Er sah sich um. Genau gegenüber dem Palais ein schlichteres Haus, das Haus jener, die er in seinen Gedichten Silvia genannt hatte, die so nahe, unerreichbare Geliebte, die wie ein negatives Zeichen über seinem Leben stand, eine der stets vor ihm ausweichenden Frauengestalten, ewige Entbehrung, die bis auf den heutigen Tag in seinen Gedichten schwelte. *Punctum* hatte Roland Barthes die spezielle Art Pathos genannt, die manche Fotos ausstrahlen. Doch was für Fotos galt, konnte man auch von Gedichten sagen. Die Gedichte Leopardis hatten *punctum*, eine Art flimmernden, bis zum Äußersten geballten Kummer. Emotionen ergeben noch keine Poesie, das weiß jeder Zeitschriftenredakteur. Oder, dachte er, um es tautologisch auszudrücken, nur Poesie ergibt Poesie, und nur in dem Fall kann ein größerer Kummer zu größerer Poesie führen. Oder war das romantischer Blödsinn? Er ging auf das Haus zu und versuchte, im Halbdunkel die Zeilen zu lesen. Erstarrter Kummer, in Marmor geritzt, angebracht am Hause der verhinderten Geliebten, die die Worte nie gelesen hatte, die, keine hundert Meter entfernt, an sie gerichtet waren.

Silvia, rimembri ancora
Quel tempo della tua vita mortale …

In der düsteren Alchimie, mit der Verse gemacht werden, war Teresa Fattorini, die Kutschertochter von gegenüber, die er von den Fenstern seiner Bibliothek aus singen hören konnte, zur späteren Silvia geworden, und dem nächtlichen Spaziergänger zwischen diesen beiden Häusern, dem mächtigen und dem kleinen, war es, als liege das so erkennbare, ohnmächtige Pathos hier noch immer greifbar in der Luft. Und was, wenn der Dichter ein Byron gewesen wäre und die Unerreichbare erobert hätte? Keine Verse? Andere? Jedenfalls nicht diese. Sollte man sich diese verschwundenen Leben anders wünschen und dann auch auf diese Gedichte verzichten, die mittlerweile unverbrüchlich zum eigenen Leben gehörten? Er wandte sich wieder dem Palais zu, und während er das tat, sah er links ein massives Dunkel. Kein Licht, keine Häuser. Als er darauf zuging, wurde ihm klar, daß er nun an dem Ort angelangt war, den er sich viel weiter weg, irgendwo außerhalb der Stadt vorgestellt hatte. Doch es war nicht zu verkennen, ein Schild benannte es, was einst einem Mann allein gehört hatte, hatte das nicht bleiben dürfen, der Hügel, auf dem der Dichter die Unendlichkeit erblickt hatte, lag ebenso nah wie das Haus der fernen Geliebten. Einige wenige Gedichte, ein ganzes Universum. »Colle dell'Infinito« stand auf einem Schild. Der Name, den der Hügel einst besessen hatte, Monte Tabor, war von einem Gedicht ausgelöscht worden, wer jetzt diesen Park betrat, ging in Worten umher. Er jedoch wollte nicht weitergehen. Unten lag die Ebene, noch weiter entfernt mußte das Meer sein. Er sah die spärlichen Lichter von Autos dort unten, ein Geräusch, das es früher nicht gegeben hatte. Durch dieselben Straßen ging er zum Hotel zurück. Er öffnete die Tür mit dem Nachtschlüssel, den das Mädchen ihm gegeben hatte. Sie war nicht mehr da. Er ging in sein Zimmer, hängte den Mantel an einen Türhaken. Etwas mußte noch geschehen. Draußen die Schläge einer Uhr, zwölf. Er sann darüber nach, ob der Dichter sie früher in seinem Zimmer auch hatte hören können, setzte sich dann an den kleinen Schreibtisch und blätterte in den Büchern, die er mitgebracht hatte – derselbe Hügel in anderen Sprachen, Rilke, Lowell ... Immer lieb war mir dieser einsame Hügel und das Gehölz, das fast ringsum ... *That hill pushed off by itself was always dear to me and the hedges near it* ... die italienischen Wörter, die in die andere Sprache eingedrungen waren und, wiederum mit Hilfe der Alchimie, durch die sich das Gold der einen Sprache in das Gold der anderen verwandelt, gleich- und doch nicht gleichgeblieben waren. Er kannte nicht weniger als zehn deutsche und englische Versionen dieses Gedichts, und das war zugleich das Rätsel: daß es in der Sprache des Dichters, der es geschrieben hatte, stets unverändert es selbst bleiben mußte, während all die anderen, zum Teil ebenso großen Dichter versucht hatten, es sich anzuverwandeln, nicht aus Eroberungslust, sondern aus Ehrfurcht, Bewunderung. Er ordnete die Bücher auf seinem Tisch, schlug einige auf und dann wieder zu, zog ein Blatt Papier hervor und schrieb zügig:

Ich habe fast alles gelesen,
was bisher geschrieben.
Die Eselsohren in meiner Bibliothek
ergeben mein eigenes Buch:
man muß nur die Anstreichungen
nehmen, die Glossen verbinden,
die ich am Rande notierte …

Dann spürte er, wie die Müdigkeit des langen Tages allmählich die Oberhand gewann, schrieb ein paar Wörter mit Fragezeichen auf sein Blatt – Heldin? Grammatik? –, warf noch einen Blick darauf und beschloß, ins Bett zu gehen. Bevor er einschlief, starrte er auf die Ansichtskarte mit Leopardis Porträt – hochstehender weißer Kragen, entsprechend der damaligen Mode hochgekämmtes Haar, schwarzes Plastron, wodurch es ein wenig so aussah, als läge dieser Kopf mit dem ironischen Lächeln und den großen, herausfordernden Augen auf einer Schale –, fühlte sich, wer weiß, vom Dichter ausgelacht, mußte darüber selbst lachen und schlief ein.

*

Er wurde wach von Kaffeeduft. Draußen hörte er Kinderstimmen. Er war es gewöhnt, in Hotels zu schlafen, doch meist gab es morgens schon wieder ein frühes Flugzeug, das er erreichen mußte. Heute nicht. Er beschloß, noch ein wenig liegenzubleiben und die fremde Welt auf sich einwirken zu lassen, den Singsang des Italienischen, die

Geräusche von Motorrollern und Autos, die Glocken einer Kirche, die ganz in der Nähe liegen mußte. Wie es wohl war, hier immer zu wohnen? Plötzlich fiel ihm das Gedicht wieder ein, das er am Abend begonnen hatte, er stand auf, las es noch einmal durch und schrieb dann weiter, wie aus der Erinnerung

... und auf dem Vorsatz, dann schreibt
es sich ganz von selbst.

Er fragte sich, ob er womöglich nachts, während er schlief, auf geheimnisvolle Weise an dem Gedicht weitergearbeitet hatte, schrieb:

Das Genre meines Werkes:
ein philosophischer Liebesroman,
seine Heldin: die Grammatik,
umworben von der reinen Vernunft.
Jetzt lese ich, in Ermangelung
neuerer Bücher, mein Unbewußtes.
Gott weiß, was herauskommt,
aber wahrscheinlich wieder ein Buch

starrte eine Zeitlang darauf und setzte dann einen Punkt hinter das letzte Wort. Er dachte darüber nach, wie unterschiedlich die Dichter waren, die er liebte, und wie sich gerade das Nachdenken über diese Dinge in seinen eigenen Gedichten wiederfand wie ein fortdauernder Kommentar zur Welt, ein nie endendes Gespräch mit sich selbst.

Das Telefon läutete. Eine Männerstimme. Ob er noch frühstücken wolle? Ja, das wolle er, und zwar ein *dolce* und einen großen schwarzen Kaffee. Eine halbe Stunde später trat er in das zögernde Sonnenlicht hinaus. Das erste, was er sah, war ein Standbild von Benjamino Gigli.

Recanati hatte also nicht einen Sänger gehabt, sondern zwei. Er erinnerte sich, wie diese Balsamstimme früher bei ihm zu Hause im Wohnzimmer geklungen hatte, in diesen nirgends mehr wiederzufindenden fünfziger Jahren, und winkte dem göttlichen Tenor. Auf der Karte, die er während des Frühstücks studiert hatte, war das Standbild des Dichters mit einem kleinen Kreuz markiert. Es befand sich, wie es sich gehörte, auf der Piazza Giacomo Leopardi, ein Mann mit Umhang und *cappa* auf einem unvorstellbar hohen Sockel mit mehreren Etagen, auf denen Bronzereliefs angebracht waren. Ein Adler, der eine Schlange totbeißt, ein offenes Buch mit der unvermeidlichen Eule der Weisheit und hoch darüber der Dichter selbst, die Arme verschränkt, den Kopf gesenkt, denkend, den Buckel sorgfältig unter dem Umhang versteckt. Krüger hat das Gefühl, Leopardi sehe ihn auf eine Weise an, daß man geneigt sein könnte, etwas zu ihm zu sagen, wendet sich dann von der Statue ab und geht zum Mahnmal für die Gefallenen zweier Kriege, liest die endlosen Reihen mit den Namen junger Männer, sieht, wie die mächtigen Zeiger des Orologio wieder ein Stück der endlichen Zeit streichen, und geht zum Standbild zurück. Bildet er sich das ein oder zwinkert der Dichter ihm jetzt tatsächlich zu? Nein, nicht nur das, jetzt sieht er auch, daß die Figur langsam einen Fuß bewegt, wenn er nicht aufpaßt, steigt sie noch von ihrem Sockel herab. Er tritt einen Schritt zurück und sieht es dann deutlich, die Figur hat jene italienischste aller Gebärden gemacht, mit dem Zeigefinger der linken Hand hat Leopardi das untere Lid seines linken Auges ein klein wenig heruntergezogen, und Krüger weiß, was er damit sagen will: Freund, du und ich, wir wissen beide, daß das Leben eine aberwitzige Erfindung ist, eh! Aber nun wird es ihm doch leicht mulmig – wenn Dichter aus Stein einem zuzwinkern, beginnen lebende Dichter an ihrem Verstand zu zweifeln. Er geht denselben Weg wie am Abend zuvor. Diesmal sind die Türen der Casa Leopardi geöffnet. Er kauft eine Eintrittskarte für die permanente Ausstellung, die gleichzeitig für eine Führung durch die Bibliothek gilt, sobald sich genug Interessenten eingefunden haben. Eigenartig, die Häuser toter Dichter. Er hat das Gefühl, durch Spinnweben hineinzugehen. Das Zwinkern hat ihn auf eine falsche Fährte gelockt, er kommt sich vor wie eine Figur aus den *Operette morali*, weiß der Himmel, vielleicht wird er in einem dieser großartigen Dialoge sagen dürfen, daß tote Dichter sich in ihrem Werk befinden und nicht in dem Haus, in dem sie vor rund zweihundert Jahren geboren sind, worauf der andere ihn fragen würde, was er dann hier tue. Er hätte doch auch zu Hause bleiben und lesen können? Aber ich bin ja gerade deswegen hier, weil ich so viel von ihm gelesen habe! Nein, der Verfasser der *Pensieri* und des *Zibaldone* war sich selbst auch nicht zu fein für Paradoxa, und gestärkt durch diesen Gedanken spaziert der deutsche Dichter entlang den Vitrinen mit der bestickten Weste des Vaters, dem Porträt der Mutter, den Manuskripten, den Büchern der unglücklichen Schwester, den kleinen Büsten Dantes, Petrarcas, Tassos und Ariostos, den gelehrten lateinischen Aufsätzen in Kinderhandschrift, der hebräischen Grammatik, mit deren Hilfe der Dichter sich diese Sprache selbst beigebracht hat, den Büchern, die er gelesen, den Gegenständen, die er berührt hat. Nach einer Stunde wird es ihm zuviel, der Staub des frühen neunzehnten Jahrhunderts nimmt ihm den Atem, doch es gibt auch noch die Bibliothek, inmitten einer Gruppe verirrter Amerikaner wird er mit hineingenommen und viel zu schnell an den hohen, mit römischen Ziffern numerierten Schränken entlanggeführt, X Liturgia, XIX Ascetica, XXI Prohibiti, XX – er schaut aus dem Fenster, durch das der Dichter wie ein Vogel mit gestutzten Flügeln in seinem Käfig zu dem Mädchen dort drüben blickte, und sieht dann plötzlich, unten, den Dichter vom Standbild. Kein Zweifel, die weißmarmorne Figur, die auf einer hohen Säule zwischen den Tausenden und Abertausenden Büchern steht, beweist, daß er recht hat, es ist ebender Mann, der dort unten in seinem idiotischen Umhang vor dem Haus steht und ihm winkt.

»Meinst du mich?« fragt Krüger wortlos und deutet auf seine eigene Brust.

»Ja«, nickt der Dichter.

Als Krüger aus dem Haus tritt, ist Leopardi ihm bereits vorausgegangen, Richtung Hügel. Krüger holt ihn ein. Der Dichter ist kleiner als sein Standbild, das Gesicht weiß wie das Papier, auf das seine Verse geschrieben sind. Sie gehen an Pinien und Buchsbaumhecken entlang. Hoch oben an einer Ziegelsteinmauer steht die erste Zeile des Gedichts, doch Leopardi scheint sie nicht zu sehen. Sie setzen sich auf eine Bank.

»Dieses Gedicht, das du heute nacht geschrieben hast«, sagt er und legt seine Hand auf die von Krüger, »ich hatte das Gefühl, du hast es für mich geschrieben.«

»Aber wie konntest du es denn lesen?« Leopardi zuckt ungeduldig mit den Achseln.

»Tot zu sein hat den Vorteil, daß man überall mühelos

hineinkommt. Und wenn jemand in Recanati ein Gedicht schreibt, dann merke ich das sofort. Es war sehr spannend, ich war neugierig, wie du es heute morgen beenden würdest. Ein Vielleser, ja, das bin ich mein Leben lang gewesen. Du hast die Bibliothek gesehen. Grammatik als Heldin … ein Liebesroman, dann sprichst du von mir. Du hast es möglicherweise ironisch gemeint, ich weiß nicht mehr genau, wie euer Geist funktioniert, aber daß sich alles immer wieder in ein Buch verwandelt, das war die Geschichte meines Lebens. Vielleicht wäre es mir anders lieber gewesen, aber das tut jetzt nichts mehr zur Sache. Der Vorteil des Deutschen besteht darin, daß man so etwas in einem Wort sagen kann: Vielleser. Das können wir nicht. Aber ich will trotzdem versuchen, das Gedicht zu übersetzen.«

Krüger wollte etwas sagen, doch in diesem Augenblick ging das Mädchen aus dem Hotel auf dem Kiesweg vorbei, Arm in Arm mit einem jungen Mann, der sie gerade zu küssen versuchte. Sie sah Krüger und errötete, dann aber sah sie Leopardi, und in ihre Augen trat blankes Entsetzen.

»Nie Glück gehabt mit Frauen«, murmelte der Dichter. Unten im Tal erklang eine Kirchenglocke, zwölf Schläge.

»Ich muß zurück«, sagte Leopardi. »Ich bin schon zu lange fortgeblieben, ich muß wieder auf meinen Sockel. Aber das hier wollte ich dir noch geben. Du kannst es nicht notieren, und du wirst es nur ein einziges Mal hören. Also …

Ho letto quasi tutto,
ció che è stato scritto.
Le orecchie piegate nella mia biblioteca
sono mio libro …«

Krüger hatte die Augen geschlossen. Er hörte die tiefe, fast flüsternde Stimme neben sich, hörte auch, daß sie in dem Rhythmus sprach, in dem er diese Zeilen geschrieben hatte, spürte, wie eine nicht zu benennende Liebe, Freundschaft, Dankbarkeit in ihm aufkam, und wollte, als das letzte Wort verklungen war, den schmalen Körper des Dichters in seine Arme nehmen und ihn auf die marmornen Wangen küssen, doch neben ihm saß niemand mehr. Er hörte den Wind in den Pinien, dachte, daß er diese Geschichte nie, aber auch wirklich nie jemandem erzählen würde, ging den Kiesweg entlang, der rings um den Hügel der Unendlichkeit lief, und verschwand, ein großer Mann in einem für die Jahreszeit viel zu dünnen Regenmantel, das Gedicht, das er an diesem Nachmittag schreiben würde, wie eine Wolke um sich.

ZWISCHEN MORGEN UND GESTERN

Paradies am Rand der Zeit

Über fünfzig Jahre muß es jetzt her sein, daß ich zum erstenmal von Tonga hörte. Die junge Prinzessin Elizabeth wurde zur Königin Elizabeth II. von England gekrönt, und Könige und Staatsoberhäupter aus der ganzen Welt waren zu dieser Feier nach London gekommen. Unter ihnen auch die Königin von Tonga, einem Inselreich irgendwo in der Südsee, und sie erlangte noch am selben Tag Weltberühmtheit, weil sie sich im Gegensatz zu allen anderen gekrönten Häuptern weigerte, das Verdeck ihrer Kalesche schließen zu lassen, als es plötzlich irrsinnig zu regnen begann. Infolgedessen war sie natürlich klatschnaß, als sie an der Westminster Cathedral eintraf, was um so mehr auffiel, als die Königin von Tonga sich beim Aussteigen als Riesin entpuppte. In einem solchen Augenblick drängt sich einem der Name Tonga unerbittlich auf, und die Neugier ist geweckt. Zwischen Australien und Südamerika liegt die ungeheure Fläche des Pazifiks, in der alle angrenzenden Erdteile ertrinken könnten. Schauen Sie nur mal nach, Sie werden Mühe haben, Tonga zu finden. Eine mächtige Hand hat über all dies Wasser eine Unzahl von Krümeln ausgestreut, die Cookinseln, die Marshallinseln, die Marquesainseln, alle unendlich weit voneinander entfernt. Wer an Inselsehnsucht leidet, dem gehen förmlich die Augen über, es müssen Tausende sein. Wo also anfangen? Ich las über Paul Gauguin und Tahiti, über Robert Louis Stevenson und Samoa, sah Bilder und Fotos, schaute mir den Film über die Meuterei auf der Bounty mit

Charles Laughton an, kam sogar einmal nach Hawaii und konnte schon ein wenig an dieser polynesischen Welt schnuppern, aber Tonga und seine Riesenkönigin entzogen sich weiterhin, es sollte noch Jahre dauern, bis der Traum Wirklichkeit wurde, und dann eigentlich auch nur per Zufall. Ich war zu einem Literaturfestival in Sydney eingeladen und lernte dort einen Schriftsteller von den Fidschiinseln kennen, der früher mal Privatsekretär des Königs von Tonga gewesen war. Der König kam längenmäßig nicht an seine inzwischen verstorbene Mutter heran, machte das jedoch durch einen beachtlichen Umfang wett, in diesen Regionen ein Zeichen von Macht und Reichtum. Der Schriftsteller hieß Epeli Hau'ofa, und er beschwor mich, meine ursprüngliche Reiseroute zu ändern und nicht, wie geplant, über Tahiti nach Los Angeles zu fliegen, sondern statt dessen einen Umweg über Fidschi, Tonga, Vanuatu und Samoa zu machen, vier Jungensträume auf einen Schlag. An Fidschi, wo es später einen Staatsstreich geben sollte, der mit Konflikten und Rivalitäten zwischen der ursprünglichen polynesischen Bevölkerung und aus Indien angeworbenen Zuwanderern zusammenhing, erinnere ich mich nur noch schwach.

Ich war zu Gast bei Epeli, und der erzählte mir voller Heimweh alle möglichen Geschichten über Tonga, die mich nur noch neugieriger auf diese für mich so geheimnisvolle Insel machten. Ich wußte jetzt, daß der König so dick war, daß in dem kleinen Flugzeug, das die Verbindung zwischen all den fernen Inseln seines Reiches aufrechterhält, stets zwei Plätze für ihn reserviert werden mußten, daß der Sonntag so heilig war, daß sich keine Fliege bewegen durfte, es sei denn auf dem Weg zur Kirche, daß es eine bereits tausend Jahre alte Aristokratie gab und daß die Einwohner, sobald sie des Autos des Königs ansichtig wurden, von sich aus sofort an die Seite fuhren. Eines jedoch hatte Epeli mir zu erzählen vergessen: daß man, wenn man nachmittags um vier vom Flughafen Suva auf Fidschi zum zwei Stunden dauernden Flug nach Tonga startet, dort zwar um sechs Uhr landet, allerdings gestern. Unverhofft hat einem das Leben einen ganzen Tag geschenkt, man ist räumlich vor-, zeitlich jedoch zurückgereist und hat sich so einen der schönsten Träume der Menschheit erfüllt. Tonga liegt nämlich exakt auf dieser völlig imaginären Trennungslinie, mit der die Menschheit versucht hat, die unsichtbare Zeit zu zähmen: Wer einen Schritt vor- oder zurückgeht, verwandelt sich von einem Gestrigen in einen Heutigen oder umgekehrt und beweist damit, daß die Zeit im Grunde nicht existiert. Vielleicht war ich deshalb so glücklich in Tonga.

Ich quartierte mich im International Dateline Hotel ein und tat nichts, will sagen, ich paßte mich dem dortigen Tempo an, spazierte durch die Stadt und entlang dem Meer, kaufte Seeigel und Austern auf dem Fischmarkt, saß unter einer Palme und sah zum ozeanischen Himmel hinauf, fuhr mit einem Fischer aufs Meer hinaus – ließ, kurz gesagt, das Getöse und die Erregtheit der großen Welt verebben und betrachtete voller Bewunderung die schönen Menschen, die vorbeikamen und ihr offenbar so herrlich langsames Leben fern vom Lärm und von den Dingen lebten, die der Rest der Welt für so wichtig hält.

Abends wurde im Hotel getanzt und gesungen, die Frauen waren genauso schön, wie Gauguin sie gemalt hatte, dank des Einsatzes angelsächsischer Missionare waren sie zwar, wie es hieß, überaus tugendhaft und gottesfürchtig geworden, doch das erhöhte ihren Reiz nur. Ich ließ jeden Gedanken an weitere Reisen innerhalb des Königreichs fallen, als ich erfuhr, daß es außer Tongatapu, wo ich war, noch 174 Inseln gab, 39 davon bewohnt. Mir genügten das türkisfarbene Meer, die Kokospalmen, die Abwesenheit von Zeitungen und die unvorstellbaren Wolkengebilde am Himmel. Die Welt schien aufgehoben, und das fand ich großartig. Epeli hatte mir stolz erzählt, daß sich das einzige Institut im Pazifikraum, an dem man Latein und Griechisch lernen könne, auf Tongatapu befinde, und hatte mir die Adresse der Atenisi University gegeben. Der Rektor, Futa Hele, lud mich zu sich nach Hause ein, ein unvergeßlicher Nachmittag voll antiker Weisheit, unter dem Haus herumschnüffelnder Schweine, Mozart auf einem verstimmten Klavier, einer Gruppe junger Männer, die traditionelle Lieder sangen, und einer rituellen Kawa-Zeremonie. Vor letzterer war ich gewarnt worden, denn Kawa mag zwar harmlos aussehen – am ehesten noch wie Milch –, ist aber nicht ohne. Sie wird aus der Wurzel einer Pfefferpflanze (*Piper methysticum*) bereitet. Was mich am meisten verzauberte, weiß ich nicht mehr, der träge, hypnotisierende Gesang der jungen Männer, das Zerstampfen der weißlichen Wurzel in einem großen Mörser und das dazugehörige Geräusch, oder die Tochter von Futa Hele, die in der Ferne Mozart auf einem Klavier spielte, das klang, als hätte der Komponist seine Melodie eigens den Tropen angepaßt. Aber vielleicht waren es doch der Wind in den Palmen und der grauweiße Trunk selbst, der bereitet wurde, indem man Wasser zu der zerstoßenen Wurzel goß. Das geschah in einem großen, vierbeinigen Holzgefäß, aus dem die Kawa später mit einer Kokosnußhälfte geschöpft wurde. Ihre Wirkung ist nicht so sehr Betrunkenheit (diese Kokosschale wurde einem ständig wieder gereicht), vielmehr ein eigenartiges Gefühl schläfriger Wohligkeit, leichter Betäubung, Verwischung der scharfen Kanten des eigenen Charakters und, nach einiger Zeit, ein tiefes Verlangen nach der Fähigkeit, langsam aufzusteigen und mit trägem Flügelschlag zu all den anderen Inseln zu fliegen, auf denen weitere *kavakalapus* mich erwarten würden.

Fliegen ist jedoch nicht einfach, wie ich am letzten Tag meines Aufenthalts erfahren sollte. Mit Mühe hatte ich einen Platz in der Maschine nach Samoa ergattert, die am Samstagabend starten sollte, ob nach Gestern oder Morgen, war mir nicht klar, doch das spielte schon bald keine Rolle mehr, denn es kam nicht zum Start. Passagiere, die im Freien – in Tonga geschieht alles im Freien – auf ein Flugzeug warten, bekommen auf die eine oder andere Weise etwas von Flüchtlingen, und ich merkte, daß die anderen Flüchtlinge immer öfter auf ihre Armbanduhren schauten und gespannt zu lauschen schienen, ob das Flugzeug schon im Anflug sei. An sich ist das nichts Ungewöhnliches, doch sie wußten mehr als ich. Nirgendwo auf der Welt wird der Tag des Herrn so geheiligt wie in Tonga, uns trennte nur noch eine halbe Stunde vom Sonntag, und sonntags durfte die Maschine nicht landen. Ich erinnere mich noch sehr gut an diesen Augenblick. Alle lauschten atemlos, wir hörten es zwölf schlagen, und kurz darauf hörten wir, wie das Flugzeug da oben ohne uns zu seinem nächsten Ziel weiterflog. Wir Passagiere standen leicht betreten da, jeder das Opfer seiner eigenen Gedanken.

Das Geräusch der einsamen Maschine erstarb in der stillen tropischen Nacht. Ich hätte das natürlich schrecklich finden müssen, was mir aber nicht gelang. Fast per Zufall war ich in Tonga gelandet, durch einen Zufall würde ich nun auch den Sonntag in Tonga verbringen, und näher zum Nichts kann ein Mensch nicht gelangen, denn genau das passiert sonntags in Tonga: nichts, und dieses Nichts wird von Kirchenglocken begleitet, die alle zwei Stunden verkünden, daß wieder zwei Stunden lang nichts passiert ist. Alles, aber auch wirklich alles ist geschlossen, und nichts bewegt sich, mit Ausnahme der Vögel und der mit Bibeln und Gesangbüchern beladenen Kirchgänger. Restaurants, Bars, alles ist zu, eine himmlische Ruhe senkt sich auf die ohnehin schon so stille Insel herab, von meinem Hotelzimmer aus sah ich die schönen Menschen vorbeigehen, die in Gauguins Tagen noch solch hinreißende Heiden gewesen waren. Sie trugen ihre schwarzen Bücher wie einen Schmuck, gingen, um zu singen und zu beten und Predigten zu lauschen über Hölle und Verdammnis, während sie gleichzeitig im Paradies lebten. Ich beschloß, ein Stück spazierenzugehen und einmal gründlich über alles nachzudenken. Schönheit und Sünde, Ruhe und Bewegung, alle möglichen Themen boten sich zum Meditieren an. Wie es wohl sein mochte, hier für immer zu bleiben, ein bißchen zu fischen und dann und wann eine Kokosnuß zu pflücken, den Wirrwarr der überdrehten Welt hinter mir zu lassen und ein Einmannkloster des Ordens der Stille zu gründen? Auf allen meinen Reisen hatte ich die besuchten Gebiete danach eingeteilt, ob ich sie noch einmal oder wahrscheinlich nie wieder bereisen würde. Doch wenn ich hier bliebe, würde ich die ganze

Welt zu einem Gebiet erklären, in das ich nie wieder fahren würde, wer das nicht versteht, möge sich die Karte des Stillen Ozeans ansehen. Das Inselreich Tonga umfaßt 362 500 Quadratkilometer, die Stückchen Land, die aus dem Wasser ragen, insgesamt 688.

Nach allen Seiten erstreckt sich eine Art Ewigkeit aus Wasser, kein Wunder, daß man gerade hier die Zeit in zwei Teile geteilt hat, denn Zeit spielt hier keine Rolle mehr. Es gibt die Tonga-Zeit, die so langsam fließt wie Sirup und ohne Uhr auskommt, und es gibt die Papalangi-Zeit, die Zeit der richtigen Welt, und beide verrinnen im Verhältnis von schätzungsweise 1:12. Doch wenn Zeit keine Rolle mehr spielt, dann gibt es noch viel mehr, das keine Rolle mehr spielt, und ich wußte nicht, ob ich schon ruhig genug war, um für immer dem Orden der Stille anzugehören. Einmal hatte mich eine junge kanadische Schriftstellerin, zu Besuch in Amsterdam, gefragt, weshalb ich um Himmels willen soviel reiste, wo ich doch in einer der schönsten Städte der Welt wohnte. Die Frage war gut, vor allem wenn man mit dem Rücken an eine Palme gelehnt über sie nachdenkt. Die Sonne schien auf die in steter Bewegung befindlichen Edelsteine des Ozeans, ich aber sah einen nebligen Oktoberabend in Amsterdam vor mir und gleich darauf einen ebenso nebligen, eiskalten Abend auf der Lagune von Venedig, mit den Lichtern der Stadt in der Ferne. Venedig und Amsterdam, das waren vielleicht die beiden Städte, die ich am meisten liebte. Und Los Angeles? Diese Stadt muß man nicht lieben, finden viele meiner amerikanischen Freunde, doch jetzt, hier, auf der anderen Seite des unermeßlichen Ozeans, verspürte ich wahrhaftig einen Anflug von Heimweh nach diesem verstädterten

Wildwuchs, der seine Wüstenherkunft nie ganz verleugnet hat. Ein ganzes Jahr hatte ich dort verbracht, hatte dort mein Buch *Allerseelen* geschrieben. Während ich sah, wie sich draußen am Ozean von Santa Monica die grotesken Formen der Washington-Palmen im kalifornischen Sonnenschein wiegten, schrieb ich über ein verschneites Berlin in einem eiskalten Winter. Nun aber wollte das innere Archiv plötzlich alles mögliche beisteuern, die verzauberte Ebene von Pagan in Birma mit ihren Hunderten von Tempeln, eine nächtliche Fahrt auf einem alten Schiff im Landesinneren von Gambia, einen Abend auf einem Balkon in Salamanca, 1955, unter mir die Plaza Mayor, auf der Studenten und Lehrer diskutierend und gestikulierend in einem großen Kreis herumgingen. Alle diese Welten existierten nicht nur in meiner Erinnerung, es gab sie wirklich, wenn ich wollte, könnte ich sofort hinfliegen. Vielleicht ist das die größte Herausforderung für den ewigen Reisenden, daß er die Welt, die er kennengelernt hat, immer wieder sehen will, eine Unmöglichkeit. Niemandem wird die Gnade eines zweiten Körpers zuteil, und der meinige befand sich jetzt hier, auf Tongatapu. Diese anderen Städte und Landschaften mußten bleiben, wo sie waren, in meiner Erinnerung. Wieder begannen die Glokken zu läuten, diesmal hatte ich das Gefühl, sie meinten mich, hier und jetzt, nicht in Japan, nicht in Mali, nicht in München. In der Ferne sah ich die Hakau-Tapu-Riffe knapp aus dem Wasser ragen, die Sonne färbte sich bereits rot, die großen schwarzen Fledermäuse, die wie fremdartige Früchte in den Bäumen hingen, begannen sich für die Jagd bereit zu machen, es wurde Zeit für den Abendgottesdienst. Vor mir ging ein älterer Herr mit einer gefloch-

tenen Matte um den Leib, einer Art Schürze, wie vornehme Tongaer sie tragen, der *ta'avala*, die von einer Kokosfaserschnur, der *kafa,* festgehalten wird. Oft sind es Erbstücke, und sie sind feierlichen Anlässen vorbehalten, wie jetzt dem Gottesdienst. Ich beschloß, dem alten Herrn zu folgen, und das erwies sich als Volltreffer, denn dadurch landete ich in der Kirche, in der der König von Tonga, Taufa'ahau Tupou IV., umringt von der gesamten königlichen Familie, den Sonntag beging. Einst, in den fernen Nebeln der Urzeit, hatte sich der Sonnengott Tangaloa in ein Mädchen verliebt, das er gesehen hatte, als sie am Strand nach Muscheln suchte. Sie hieß 'Ilaheva, er verführte sie, wie Zeus Europa verführt hatte – Götter haben offenbar nie etwas anderes zu tun, außer natürlich der unsrige, aber der war auch allein –, und sie gebar 'Aho'eitu, der der erste Tui werden sollte. Seitdem gibt es, wie in Japan, eine lange, ununterbrochene Linie. Bis auf den heutigen Tag schläft der japanische Kaiser in der Nacht vor seiner Krönung mit der Sonnengöttin, und nie ist jemand dabei.

Ich folgte dem alten Herrn in die Kirche. Er mußte, wurde mir später klar, dem Adel angehören, da er sich in der Nähe der königlichen Familie niederließ, die ganz vorn in der Kirche auf einem rechtwinklig zum Rest des Gebäudes errichteten Podium saß. In Tonga gibt es dreiunddreißig adlige Familien, und eigentlich sollen sie keine gewöhnlichen Sterblichen heiraten. Der König selbst war in Weiß gekleidet, mit einem silbernen Spazierstock und einer großen doppelten Sonnenbrille, und er trug prachtvolle bunte *kafas* um die Leibesmitte, als müsse er von ihnen zusammengehalten werden, denn sein Umfang war tatsächlich beeindruckend. Er sah, um es tautologisch zu sagen, wie ein König aus, und ob er nun wirklich von all den früheren Tui-Tongas abstammte oder von einer der anderen einander bekämpfenden und vertreibenden Dynastien, war mir angesichts dieses Anblicks egal, und sei es nur, weil ich gern an Märchen glaube. Etwas von seiner Vorfahrin, der Sonne, strahlte aus seiner Haltung, und die engelhaften jungen Prinzessinnen um ihn herum verliehen seiner fürstlichen Gestalt noch mehr Relief. Vom Gottesdienst selbst verstand ich nichts. Die Predigt erinnerte mich an das apokalyptische Getöse, das man sonntags vormittags im niederländischen Radio hören kann, kalvinistische Stürme von Hölle und Verdammnis, doch die Gesichter um mich herum blieben entspannt, denn wer im Paradies lebt, läßt sich nicht so leicht angst machen. Wenn es eine Hölle gab, mußte es auch Sünde geben, und das beruhigte mich beim Anblick so vieler schöner Menschen doch wieder ein wenig. Danach wurde gesungen, was ich nicht so schnell vergessen werde, schien es doch, als würden alle unterdrückten Leidenschaften in diesen Gesang fließen. Von Niuatoputapu bis Vava'u, überall im gesamten Inselreich konnten sie es hören, die Kormorane, die Krebse, die Krabben, die Riesenmuscheln und die Wale, die hier jedes Jahr vorbeischwimmen, alle konnten es hören, bis in die tiefsten Tiefen des Ozeans. Eine große Orgel menschlicher Stimmen flog gen Himmel, und die königliche Familie sang nach Kräften mit. Der Rest meines letzten Tages verlief in Stille, die Kirchgänger hatten sich wieder in ihren Häusern verkrochen, und ich ging durch die leeren Straßen von Nuku'alofa, vorbei am Königspalast aus weißem Holz, an merkwürdigen Grabstätten mit umgekehrt in den Sand gesteckten Flaschen, am Sincere Variety Store und dem *maketi ika,* dem jetzt so stillen Fischmarkt. Morgen würde ich nicht mehr hier sein, sondern nach Samoa fliegen, um das Grab von Robert Louis Stevenson zu besuchen. Das Leben in Tonga würde weitergehen und mich nicht im geringsten vermissen, hatte doch keiner mich wahrgenommen. Erst wenn man sich so verhält, daß man nicht wahrgenommen wird, gehört man ein wenig dazu, und das ist auf einer Insel im Stillen Ozean genausogut möglich wie in Los Angeles oder New York. Vielleicht ist dies sogar das heimliche Ziel allen Reisens: zwischen den anderen zu verschwinden. In New York bedarf es dazu keiner Anstrengung, man ist seine eigene Tarnung. Zwischen Syrern, polnischen Juden, Tibetern, Wikingern und Portugiesen ist man lediglich eine andere Spielart, eine andere Teilmenge und, wie auch immer, jemand, der im Drugstore ein Döschen Vitaminpillen kauft, jemand, der wohl einen Namen haben wird, aber eigentlich doch keinen hat, ein Passant. Das ist etwas, was vielen Menschen angst zu machen scheint. Mich erregt es. Wer viel reist, wird bis zum Überdruß gefragt, ob er womöglich vor irgend etwas auf der Flucht sei, doch darum geht es nicht. Es geht darum, zu verschwinden und gleichzeitig dazubleiben. Während man sein eigenes Leben behält – man kann eine Telefonnummer wählen, und wenn alles klappt, ist am anderen Ende immer jemand, der weiß, wer man ist –, kann man gleichzeitig verschwinden. Jeder vermag einen zu sehen, als Ich jedoch ist man unsichtbar. Man könnte sozusagen genausogut ein anderer sein. Man hat sich von der Anekdote des eigenen Daseins gelöst, jetzt ist man ein Bewohner der Provence oder von Rio de Janeiro, oder man ist gerade mit der Maschine der New Zealand Air nach Samoa gestartet. Unter einem liegt der Ozean mit diesen plötzlich so kleinen Inseln, auf denen man die letzten Tage verbracht hat. Die Illusion besteht daraus, daß man an all diesen Orten, die man erstmals aufsucht oder zu denen man zurückkehrt, noch ein zweites Leben hat, das zeitgleich mit dem anderen verläuft. Reisen ist im besten Fall auch eine Form des Meditierens, und das geht am Zattere in Venedig genausogut wie in Zagora am Rande der Sahara. Im Gegensatz zu dem, was ständig behauptet wird, ist die Welt nach wie vor unermeßlich groß für den, der mit sich selbst auf Reisen geht. So jemand war Stevenson, der mit seinem Esel durch die Cevennen wanderte. Auch er war ein ruhig-unruhiger Reisender, der seine letzten Lebensjahre auf diesen Inseln verbrachte, über die er in wunderbaren Büchern und Briefen erzählt hat.

Ich habe im Aggie Grey's Hotel Quartier bezogen, wegen seiner wollüstigen tropischen Gärten und wegen der legendären Aggie, die das Hotel während ihres langen Lebens zu einem der berühmtesten des gesamten Pazifikraums gemacht hat, und auch wegen der dort stattfindenden *fiafias*, der Abende mit polynesischem Gesang und Tanz, die einen kurzzeitig in den wunderbaren Wahn versetzen, noch einmal in vergangenen Zeiten zu leben. Wir sind nicht mehr unschuldig, dies sind nicht mehr die Sänger und Tänzer aus Stevensons Tagen, und damals waren es auch nicht mehr die Sänger und Tänzer der vorwestlichen Zeit, in der die Bewohner von Samoa und von Tonga noch unter sich waren, keinen fremden Blicken ausgesetzt. Was man sieht, ist allenfalls ein Echo, aber immerhin. Wie der englische Schriftsteller Tim Parks einmal in einem Interview sagte, ist es heilsam für uns, die wir fortwährend von fünf Kulturen zugleich umgeben sind, zuweilen, und sei es nur kurz, in einer Umgebung zu sein, in der sich nur eine authentische Kultur erhalten hat. Aggie Grey lebt nicht mehr, doch sie gehört zusammen mit Stevenson und Margaret Mead zu den Menschen, die den Ruf Samoas und eigentlich dieses ganzen Gebiets in der Welt verbreitet haben, eine Illusion von unverdorbener Schönheit sowie eine Vorstellung von unkomplizierter und dadurch paradiesischer Sexualität. So war es natürlich nicht, wie auch die Erzählungen Stevensons beweisen, der hier zu einer Zeit von Stammeskriegen lebte, doch die Vorstellung hat sich, im Zusammenspiel mit der Landschaft, dem Charakter und der Schönheit der Menschen, bis heute erhalten. Grellfarbene tropische Blüten in einer Vase sind *eine* Sache, doch um den Hals lebendiger Wesen, die zudem noch singen und tanzen, werden sie zu etwas ganz anderem, es muß gewaltigen Eindruck auf die ersten Besucher gemacht haben, gleichgültig ob auf Tahiti, Oha'u oder Raratonga. Schließlich wollen wir glauben, was zu glauben wir uns vorgenommen haben, und so glaube ich in diesen Tagen nicht an die Realität, die Statistik und die Zeitung, sondern an das Rauschen der Brandung, den Markt mit Maniokwurzeln, Kräutern und Krabben, an die Pandanuspalmen auf ihren vielen Füßen, den Klang menschlicher Stimmen, die Lieder singen, die ich nicht verstehen kann, die aber von der Zeit aus einem unvorstellbaren Früher angespült worden sind, Lieder, die der Verfasser der *Schatzinsel* vor über hundert Jahren auch so gehört hat. An einem der letzten Tage meines Aufenthalts besuche ich sein großes, offenes Haus, das jetzt ein Museum ist. Es muß ein langer Weg gewesen sein, der Stevenson von seiner Heimat Schottland hierher geführt hat, ein Weg, der noch im Tempo von Schiffen zurückgelegt wurde. Unser eigenes Tempo nimmt sich dagegen armselig aus, wir leben unter dem Zwang der Gleichzeitigkeit, nie werden wir wissen, wie es war, wenn nach Monaten ein Brief eintraf, die Antwort auf einen anderen Brief, den man vor doppelt so langer Zeit geschrieben hatte. Es war eine selbstgewählte Verbannung, doch eine, die glücklich machte. »Sie dürfen mich beneiden«, schrieb er in einem Brief vom 7. November 1890 – da war er vierzig und sollte nur noch vier Jahre leben – »wir wohnen jetzt in einer kleinen Baracke auf unserem eigenen Land, wir sehen das Meer, das sechshundert Fuß unter uns an zwei Regenwaldtäler stößt. Der Berg über uns ragt noch tausend Fuß höher empor, rings um die Lichtung, auf der wir unser Haus bauen, stehen große Bäume, die Vögel singen und singen, noch nie habe ich in einem solchen Himmel gelebt.«

Ich tue mich immer etwas schwer mit den Häusern toter Schriftsteller. Sie sind nicht da, sind verschwunden, nur in ihren Büchern sind sie noch zu finden. Manuskripte, vergilbte Fotos, alte Ausgaben, die Spinnweben der Vergangenheit. Draußen ist die Natur geblieben, wie sie war, die Bäume sehen noch genauso aus wie auf diesen alten Fotos. Stevenson war bereits weltberühmt, als er 1889 mit dem Schoner *Equator* in Apia ankam. Er reiste weiter nach Sydney, doch der Ruf der Insel war zu stark, und 1890 kaufte er das Land, auf dem er sein Haus *Vailima* erbauen sollte. Er war bereits krank, und nach seinem Tod wurde er auf dem Gipfel des Berges Vaea, genau oberhalb seines Hauses, bestattet. In den vier Jahren, die er auf Samoa lebte, hatte er die Zuneigung der Einheimischen gewonnen. Sie nannten ihn *tusitala*, den Geschichtenerzähler. Der Weg zum Berggipfel wurde in einer einzigen Nacht von einer Gruppe von Stammesoberhäuptern im Regenwald angelegt. In der Nacht, bevor ich hinaufgehe, hat es stark geregnet, es scheint, als dampfe der Wald vor Hitze, wilde Sträucher, groteske Farne, die Embleme der tropischen Welt. Um mich herum die Gespräche der Vögel, der gleichen, die an jenem Tag zu hören gewesen sein müssen, an dem die Häuptlinge den Sarg nach oben schleppten. Es ist ein weiter Weg, ich begegne niemandem, als ich nach langem Marsch oben ankomme, bin ich durchnäßt. Das Grab liegt frei und offen da, außer den Vögeln und dem Wind ist nichts zu hören, niemand zu sehen. Tief unter mir liegt der Ozean, ich bin allein mit dem Dichter und lese die Verse, die er geschrieben hat und die jeder Reisende gern auf seinem Grab sähe:

Under the wide and starry sky,
Dig the grave and let me lie.
Glad did I live and gladly die,
And I laid me down with a will.

This be the verse you grave for me:
Here he lies where he longed to be;
Home is the sailor, home from the sea,
And the hunter home from the hill.

Als ich auf dem Rückweg an dem hohen Wasserfall im Wald vorbeikomme, weiß ich, daß meine lange, lange

Rückreise zu meiner eigenen Insel im Mittelmeer begonnen hat. Die größte Versuchung für den modernen Reisenden, der sich der Tyrannei der Zeit nicht unterwerfen will, ist das Round-the-world-ticket. Ich reihe frühere und spätere Reisen aneinander und kümmere mich nicht mehr um den Zwang von Zeit und Reihenfolge. Ich werde in Japan aussteigen und in der Gegend von Kioto die zu einem früheren Zeitpunkt begonnene 33-Tempel-Wanderung fortsetzen, zu Fuß zu den fernen buddhistischen Klöstern hinaufsteigen, in denen Kannon, die Göttin der Barmherzigkeit, mit ihren elf Köpfen und tausend Armen in all ihren dreiunddreißig Manifestationen verehrt wird. Danach werde ich aus Heimweh nach meinen kalifornischen Jahren in Los Angeles aussteigen und im Topanga National Park zum Eagle's Rock klettern und von dort auf denselben Ozean hinausblicken, den ich jetzt noch unter mir sehe, denselben, den ich die ganze Zeit zu meiner Linken haben werde, wenn ich auf dem Highway 101 nach San Francisco fahren werde und nach Marin County nördlich davon, wo ich den langen Weg zum McClure's Beach hinuntergehen werde, einfach weil ich das, seit ich mal eine Zeitlang in Berkeley unterrichtet habe, immer tue. Für einen anderen hört sich das vielleicht nach Trubel an, für mich bedeutet es Ruhe. An allen diesen Orten ist es still, man begegnet kaum jemandem. Am McClure's Beach bin ich einmal fast ertrunken, eine gewaltige Flutwelle hob mich hoch und warf mich ein Stück weiter an Land, und seit dieser Zeit kann ich nie in diesen Teil Amerikas kommen, ohne dort hinzugehen. Vielleicht ist es Unsinn, doch für mich ist es gerade die Wiederholung des Immergleichen, die mich zwanghaft an solche Orte zurücktreibt. Von den Kuppen der hohen Hügel blicken Wapitis mit ihren merkwürdigen ausladenden Geweihen auf einen herab, ich weiß genau, an welcher Stelle in dem schmalen Flüßchen neben dem steilen Weg ich wilde Brunnenkresse pflücken muß, und wenn ich unten bin, wo die Springflut immer gefährlich ist, schaue ich dieser ewigen Bewegung und den kleinen Vögeln zu, die dicht am Rand all dieser Gewalt ihre geheimen Hieroglyphen in den Sand schreiben. Und dann, eines Tages, ist das Archiv voll. Die Erinnerungen sind gespeichert, es ist Zeit, zurückzufahren, in die Stadt am Wasser, in der mein Haus steht, in das Europa meiner ersten Reisen per Anhalter und zur Insel, auf der ich meine Sommer verbringe, zum Garten mit den beiden Palmen, die ich vor fast vierzig Jahren gepflanzt habe und die während dieser ganzen Zeit immer an einem Ort geblieben sind, während ich über die Welt tanzte. Monatelang werde dann auch ich unbeweglich an diesem Ort bleiben und über all das schreiben, was ich gesehen habe, über die Wunder und Widersprüche der immer größer werdenden Welt.

Weg

Ich bin der Weg.

Ich ziele wie ein Pfeil
auf die Ferne,
aber in der Ferne
bin ich
weg.

Wenn du mir folgst,
hierher, dorthin, hierher,
findest du hin,
wie auch immer.

Weg ist weg.*

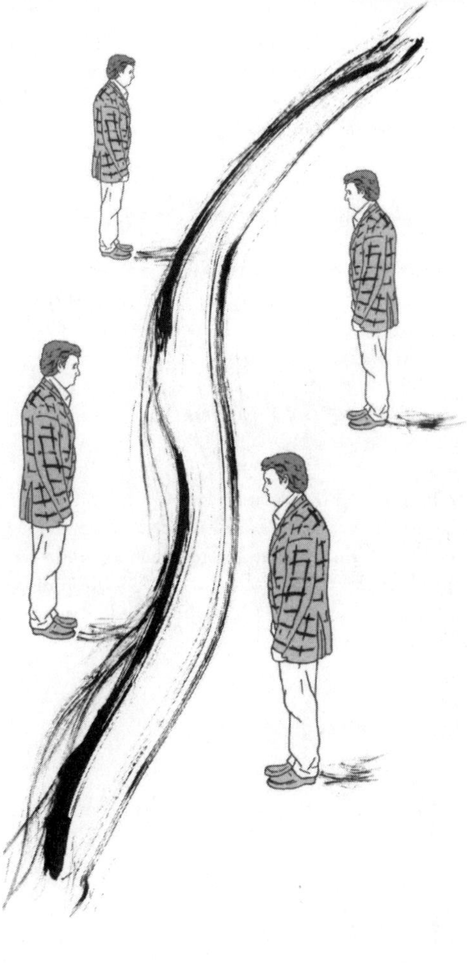

Anmerkungen

S. 83 Der Text ist auf Anfrage der Accademia della Crusca in Florenz entstanden. Den geladenen Schriftstellern wurde ein Buchstabe zugewiesen. Nun galt es ein Wort zu finden, das mit diesem Buchstaben begann und für den jeweiligen Autor das Thema »Freiheit« repräsentierte.

S. 148 Übersetzung: Ard Posthuma

S. 203 Der Text entstand anläßlich des 60. Geburtstags von Michael Krüger und erschien in der Festschrift *Is there misery nobler than mine?*, hg. von Felicitas Feilhauer, Tatjana Michaelis und Marianne Zeller, München: Privatdruck, 2003.

S. 239 Übersetzung: Ard Posthuma

*

Die Erzählungen »Fledermaus«, »Absinth und Ambre Solaire«, »Amerikanische Variante: Pseudo-infarctus praecox«, »Doktor K., le docteur D. und ein hundertjähriger Rücken« und »Der Hund des amerikanischen Doktors« erschienen 2000 bibliophil im Svato Verlag, Hamburg, und wurden für die vorliegende Ausgabe vom Autor geringfügig überarbeitet.

Inhalt